遊園地
ぐるぐるめ

Michiko Aoyama　Tatsuya Tanaka
青山美智子　田中達也

ポプラ社

遊園地ぐるぐるめ

遊園地ぐるぐるめ

もくじ

ミニチュア写真
田中達也

ブックデザイン
岡本歌織（next door design）

1 — メリーゴーランド

開園前の遊園地が、こんなにキラキラして見えるなんて初めて知った。

まだ客のいないそこは、想像していたよりずっと広大に感じる。朝日を浴びたアトラクションが、むずむずと喜びをこらえながら始まりの時を待っているみたいだ。

ゲートの前に立ち、柵の隙間から中をのぞいていると、僕の隣で結乃《ゆの》ちゃんが腕時計をちらりと見ながら言った。

「あと5分。もうすぐだね」

揺らした髪から漂ってくる、ほのかな甘い匂い。

「そうだね、早く開かないかな」

そう答えた僕に、結乃ちゃんはやわらかく笑った。

それを見た瞬間、どくんと大きく胸が鳴る。

勢いの良すぎる鼓動のせいで、僕の心臓は破れてしまいそうだ。

僕たちはふたりで並び、遊園地の大きな扉が開くのを待っている。

こっそりとひとつ、深呼吸しながら僕はその先を見つめた。

勇気を出して初めて誘ったデート。

快くＯＫしてくれたけど、いつでも誰にでも笑顔の君は、本当のところ僕のことをどう思っているんだろう？


僕が今朝、遊園地の最寄り駅に降り立ったのは、約束の時間より30分も前だった。

早く着き過ぎたなと思ったけど、そりゃ無理もない。

だって、ものすごく、ものすごく楽しみだったから。

ゆるみっぱなしの頬をぺしぺしと叩いてみたものの、やっぱりどうしたって顔がにやけてしまう。

結乃ちゃんとの待ち合わせは改札にしていた。そこへ向かう階段を上りながら、僕はあれこれと思いめぐらせる。

昨晩は気持ちが高ぶってまったく眠れなかった。

彼女が来る前に、自動販売機で缶コーヒーでも買って、気持ちを落ち着けよう。

そして少しばかり余裕のある表情を浮かべながら、改札から現れた結乃ちゃんを優しく迎えるんだ。

彼女はきっと、こう言うだろう。

「ごめんね、待った？」

僕は小さな嘘をつこう。

「いや、今来たところだよ」

いかなる心拍数であろうとも、僕は平静を装ってみせる。

「じゃ、行こうか」

そう言ってさりげなく結乃ちゃんと手をつなぐ……とかは、まあ、ぜんぜん無理だろうから、ここは紳士的にエスコートしなくっちゃ。

待つ、っていうのも、場合によってはなかなか素敵な行為だ。

もうすぐやってくる大切な人のことを思い、これから起きる楽しいことを想像する時間。今まさに訪れる幸福の足音を聞く、ときめきに満ちた緊張感。先に来ているからこそ味わえる、とっておきの余白みたいなもの――。

なんて思ったのに、僕が改札を抜けると、すでに結乃ちゃんの姿があってびっくりした。

スマホをいじるでもなく、ちょっと遠いところを眺めるようにして、姿勢よく立っている結乃ちゃん。

いつもはきちんと後ろで結わえている髪の毛を、今日は下ろしている。肩まで流れるふわふわのウェーブ、さっぱりしたブルーデニムのワンピース、揃いの白い花をかたどったネックレスとピアス。

それはもう、妖精かと思うくらいにかわいらしくて、僕はその場で膝から崩れ落ちそうになるのを留めるのに必死だった。

この可憐な女の子が、僕を、この僕を、待ってくれている。

なんという幸福。夢か。

ぼーっとしている僕に気づいて、結乃ちゃんがぱっと明るい表情になった。

大丈夫、夢じゃない。

僕は急いで駆け出しながら、叫ぶように言う。

「ごめんね、待った？」

結乃ちゃんは首を横に振った。

「楽しみで、早く来すぎちゃって」

そうほほえみかけられて、思わず口がぽっかりと開いてしまった。

楽しみで？

たしかに今、そう言った？

頭を掻《か》いている僕に、結乃ちゃんは小首をかしげながら続けた。

「遊園地なんて、すごく久しぶりだから」

「……あ、そうなんだ」

つまり僕とのデートがじゃなくて、遊園地そのものが楽しみってことね。

まあ、そうだよね。僕はうんうんと小さくうなずき、遊園地に向かって並んで歩き出した。

僕が結乃ちゃんを誘ったのは「山中青田《やまなかあおた》遊園地」という古くからあるアミューズメントパークで、「山中青田」というのはこのあたりの地名だ。場所の名前をそのまま付けただけの、単純明快なネーミング。

でもどうしてなのか、地元民はみんなしてお決まりのように、この遊園地のことを「ぐるぐるめ」と呼んでいる。

「夏休み、ぐるぐるめ行ったんだ」

とか、

「このへんのレジャーランドっていったら、やっぱり、ぐるぐるめだよね」

とかいうぐあいに。

つまり通称というか愛称のようなものだけど、それは僕が子どものころからずっとそうなので、中学に上がるぐらいまで本当にこの遊園地の名前は「ぐるぐるめ」だと思っていた。

その真実がわかってからも、「やまなかあおた」っていうのは長いしちょっと言いにくいし、正式名称で呼ぶことはほとんどない。

「嬉しいなあ、ぐるぐるめ！」

歌うみたいに、結乃ちゃんが言った。

それを聞いた僕のほうが、きっと百倍嬉しいに決まってる。

たとえ彼女が僕と一緒だからではなく、ただシンプルに、遊園地に行くことだけを喜んでいるのだとしてもだ。

すぐそばに、結乃ちゃんの白い手がある。

つなぎたい。

そんな衝動をひたすら抑えて、僕は拳《こぶし》をぎゅっと握る。


僕と結乃ちゃんは、アルバイト先のハンバーガーショップで知り合った。

大学3年生の僕、短大2年生の結乃ちゃん。

半年前、彼女が新しく入ってきたとき、チーフが僕に「健人《けんと》君、いろいろ教えてやって」と言った。

それで僕も、結乃ちゃんに「なんでも聞いてください」と言った。先輩らしく、きりりと。

……いや、それは嘘だ。

きりりとなんて、できなかった。その時点でもう僕はすっかり結乃ちゃんに心を奪われて、デレデレしていたと思う。

チーフが僕に「教えてやって」と言ったのは、たまたま同じ日にシフトが入っていたからというだけの話なのだが、どうやら結乃ちゃんは僕をリーダーだと勘違いしたらしい。ことあるごとに僕に質問してきて、自然に話す機会が増えた。

僕たちが同じ立場の普通のアルバイトだとわかってからも、結乃ちゃんは最初の流れで僕によく話しかけてくれる。少しずつ敬語が緩《ゆる》まって、最近では冗談を言い合ったりもできるようになった。

もっとも仕事に関しては、結乃ちゃんは物覚えがよくて、僕が教えるようなことはあっというまになくなったというのが正直なところだ。

お客様が注文した商品以外のものを勧める「サジェスト」に至っては、結乃ちゃんは最初から僕よりもうんと上手にこなした。

たとえばハンバーガーだけ頼んだお客様に「ポテトは、いかがですか」「ご一緒にお飲み物は、いかがですか」って言う、あれである。

僕はサジェストがずっと苦手だった。

「なんかさ、お客さんが欲しくもないものを無理に押し付けてるみたいで、気が重いんだよな」

僕がそうこぼすと、結乃ちゃんは言った。きりりと。

「無理に押し付けてるなんて思わなくていいんじゃない？　私は、ここのフードはどれもとっても美味しいから、一緒に食べたらきっと素敵だから、ぜひどうぞ！って、自分の気持ちを伝えたいだけ」

結乃ちゃんのその「気持ち」は、ちゃんとお客様に届いている。

彼女に勧められたポテトやドリンクを、お客様は「そうね、じゃあ、つけてもらおうかしら」とスムーズに追加する。

結乃ちゃんの笑顔には人を安心させ惹《ひ》き付ける魔力さえ感じる。

あのスマイルが０円。とんでもない話だ。

僕たちは、バイトの中では仲のいいほうだと思う。

飲み会なんかでもなんとなく隣に座るし、夜にラインで何往復か、たわいもない会話をすることもある。

誰かに友達かって訊《き》かれたら、そうですって答えてもたぶん許されるだろう。

だけど。

だけどね、結乃ちゃん。

君のその笑顔が、僕にとって友達以上のものになってくれないかって、そんなふうに望む気持ちが走り出して止まらない。

だから決めた。

バイト先のハンバーガーショップから抜けて、ふたりで過ごすぐるぐるめ。

今日ここで僕は、結乃ちゃんに告白するんだ。


9時になった。

遊園地の開園時刻だ。

スタッフがふたりがかりで重そうな鉄のゲートを開いていく。園の中にはアップテンポな音楽が流れていた。

一番乗りの僕たちの後ろにも、何組か並んでいた。ぞろぞろと、明るい異世界へとみんなで入っていく。


ドーン、ドーン、ドーン!!

太鼓の音がする。

そちらに目をやると、見たこともないおかしな恰好のピエロが、大きな洋太鼓を叩いていた。

こんなやつ、いたっけ？

赤白ストライプ柄の、コック帽みたいな長い帽子とだぶだぶのエプロン。

よく見れば太鼓を叩いているバチは木製のお玉だ。

近づいていくと、ピエロは白塗りの顔をこちらに向けた。丸い赤鼻を光らせ、右目から流れる涙のドロップが頬に青くペイントされている。

そばを通り過ぎようとしたとき、ピエロが僕のほぼ耳元で声を張り上げた。

「イラッシャイマセ!!」

「いらっしゃ……」

思わずつられてそう言ってしまい、僕はあわてて手で口を押さえる。

サービス業あるあるだ。

僕の勤めているハンバーガーショップでは、店内のスタッフがお客様に「いらっしゃいませ」とか「ありがとうございました」と言うときに、自分も合わせて声を上げる決まりになっている。

その癖がプライベートでもつい出てしまうことがあるのだ。結乃ちゃんが僕の隣でくすくすと笑っている。

ピエロはべったりと赤く塗られた口元をにいっと広げ、ふくよかな体をゆすりながら僕に軽く手を振った。

メイクが濃くてよくわからないけど、50歳ぐらいのおじさんだろう。

「イラッシャイマセ」の発音は、日本人ではなさそうだった。ピエロってしゃべらないイメージだったから、びっくりした。

「ねえ、見て。時計になってるのね」

結乃ちゃんが指さした先にあるのは、ピエロの前の太鼓だった。

白い面には円の縁をなぞるように丸いドットが均等に並び、中央に備わった黒い2本の針が9時を示していた。

このピエロは、太鼓を叩いて時間を知らせるのかもしれない。

太鼓は庇《ひさし》のついたワゴンに載っている。幌《ほろ》のすぐ下に、フライパンやフライ返しなどが吊り下がっていた。脇には小さなガスコンロまで付いている。

まるで小さなキッチンだ。移動しながら料理までするのだろうか。

ピエロは太鼓を叩くのをやめると、持っていたお玉をひょいっとフライ返しの隣に吊るした。

そしてワゴンをがらがらとゆっくり引きながら去っていく。

不思議なピエロだ。

ワゴンには長い糸のついた風船がいくつも括《くく》りつけられている。カラフルな玉たちは、空に向かってのどかにぽわぽわと揺れていた。


僕たちの働くショップで、ハンバーガーを注文するとき、必ず「トマトを抜いて」とリクエストしてくるビジネスマンの常連さんがいる。

年の頃は三十代半ばというあたりだろうか。

スーツはいつもきちんとプレスされており、短めに切り揃えられた髪の毛は整髪料でぴっちりと固められていて、隙のなさを感じる。

細面《ほそおもて》の白い顔にかけられた、かちっとした眼鏡が彼をより気難しそうに見せているかもしれない。

オーダーの間、笑顔を見せることはまずないし、常に機嫌が悪そうでもある。というか、たぶん、何かに疲れている。

彼は「ベジタブル・バーガー」がお好みのようなのだが、レタス、オニオン、アボカド、ピクルスと共にトマトがあるのがどうしても許せないらしかった。

「トマトなんて、どうしてあんな甘いものを肉と挟むんだ」

眉間《みけん》に皺《しわ》を寄せる彼に、僕もそう言われたことがある。

「トマトを抜く代わり、ピクルスいっぱい入れてね。ピクルス!!」

彼はいつもそんなふうに「ピクルス!!」と復唱しながら人差し指を立てる。

バイト仲間はみんな、高圧的な彼の態度に辟易《へきえき》しているみたいだけど、僕は「かしこまりました」とお辞儀をしながら、決してイヤな気持ちにはならない。むしろ、なんだか感動さえ覚えてしまう。

だって、こんなにもピクルスが激しく愛されている場面に出くわすことなんて、めったにないからだ。

どちらかというと、嫌がられることのほうが多いのに。

よかったなあ、君たち。ピクルスに対してそんな気持ちを抱きながら、僕はトマトの代わりに、たっぷりと彼らを増量する。

そんなあるとき、結乃ちゃんと休憩時間が同じになった。

もちろんふたりきりではない。僕と結乃ちゃんの他に、気心の知れたもうふたりのバイト仲間の４人だ。

事務室で昼食を取りながら雑談していると、その常連さんの話が出た。

「今日も来てたよね、しかめっつらのビジネスマン！」

バイトのひとりがそう言いながら、真似をするように人差し指を立てた。

もうひとりが「ああ、あのトマト嫌いなおじさん」と答える。

そうそう、と顔を見合わせて笑うふたりを横目に、僕は黙ってカフェオレを飲んでいた。

すると結乃ちゃんが、少し間を置いたあとにゆっくりこう言った。

「私、あのお客さんはトマトが嫌いなんじゃなくて、むしろ好きなのかもしれないって思う」

「ええ、なんで？」

ふたりが目を見開き、不思議そうな顔をする。

結乃ちゃんはちょっと首をすくめて続けた。

「だって、トマトのことをあんな甘いものって言うでしょう。きっとデザートみたいな感覚なんだろうなって」

「デザート？」

「うん。もしくは、そんなにも甘くておいしいトマトを食べたことがあって、その記憶が残っているのかもしれないよね。オレンジジュースとかぶどうジュースとか注文することもあるから、甘いのが苦手なわけでもないんだろうなと思うし……。お肉と一緒に食べて味が混ざるのがイヤなんじゃないかな」

結乃ちゃんは自分の両手の指と指を絡めながら言った。

「つまり、食材と場の組み合わせの問題なのよ。人と同じよ。いるところや立場が変われば、キャラクターも、相手に対する想いも違うっていうか」

バイトのひとりが「ええ？　深すぎて何言ってんのかよくわからない」と一笑し、もうひとりもけらけらと同意する。

だけど、僕はもっと、もっともっと、彼女の話を聞いていたかった。

結乃ちゃんのこんな豊かな感受性、繊細なアンテナが、僕はやっぱりすごく好きだと思った。

でも仲間に笑われた結乃ちゃんは自分も「あはは！」と軽く声をたて、すぐに話題を切り替えた。

そういうスマートさも、結乃ちゃんらしかった。

「だけどあのお客さん、トマトは抜いてって言ったあとすぐに必ず、ピクルスいっぱい入れてねって言うじゃない？　私、あれけっこう感動しちゃうんだ。いつものけものにされてるピクルスがあんなに愛されてて。よかったねえ、って思うの」

仲間たちは「なにそれー！」と言い、わっと再び笑った。

僕はひとりだけ息を呑《の》み、新たな感動に胸を震わせて結乃ちゃんを見つめた。

同じだ。

僕と結乃ちゃんは、心の奥の奥のほうのどこかで通じている。

結乃ちゃんは仲間たちの笑い声にくるまれながら、ふと僕と視線を合わせ、そしてほわっと目を細めた。わかっている、というように。

なんてね、それは僕の勝手な思い上がりかな。

だけどそのときのことが、僕の決意を固めてくれたのは間違いない。

――人と同じよ。いるところや立場が変われば、キャラクターも、相手に対する想いも違うっていうか。

そうだね、うん、そうだ。

だったら僕は、この場所から君を外に連れ出して、バイトの先輩後輩って立場を変えて、ちゃんとふたりで向かい合って話したいって、そう思ったんだ。


最初にメリーゴーランドに乗りたいって言ったのは、結乃ちゃんだ。

たくさんあるアトラクションの中で、真っ先にこれを選んだ。

「いいね、行こう」

僕がそう答えてメリーゴーランドのほうに体を向けると、結乃ちゃんは言った。

「健人くんって」

「ん？」

「一緒にいると安心する」

え。

えーと？

それはいったい、どういう意味だろう。

むむむ、と僕が首をねじまげていると、結乃ちゃんは軽い足取りで歩いていく。

僕はその半歩後ろをついていきながら、複雑な気持ちだった。

「安心する」って。

ほめられたのだ。たぶん。

でもそれはつまり、男として見られていないってこと？

僕はこんなにもドキドキしているのに、彼女のほうはなんの意識もしていないってこと？

それとも、あえて予防線を張っているのかもしれない。僕が調子に乗ってうぬぼれたりしないように。

これまでの手痛い失恋や勘違いが思い出される。

交際を申し込んだ女の子から、「お友達としては好きなんだけど」ってあっさり断られたこと。

合コンで近くにいた女の子がやたら話しかけてくるから、僕に気があるのかなあ、なんて思っていたら、離れた席に座っているイケメンメンバーとの仲を取り持ってほしいとこっそりお願いされたこと。

せっかくつきあえるようになった彼女から、3ヵ月もしないうちに「なんだか、うちのお兄ちゃんと遊んでるみたいな気持ちにしかなれない」と振られたこと。

結乃ちゃんの言う安心って、そういうことかな。そうかな。

メリーゴーランドの前に着くと、結乃ちゃんは乗る馬を選び始めた。

「私、この子にしよう」

明るいベージュの馬。金色のたてがみ、深紅《しんく》の鞍《くら》。

鞍の上にまたがろうと、結乃ちゃんはたてがみに手をかけた。鞍の位置がちょっと高いところにあって、のぼりづらそうだ。

手を。ここでさりげなく手を貸すんだ。

でも、それっていかにもわざとらしいかな。気安く触ろうとして、いやらしいって思われちゃうかな。

躊躇しているうち、結乃ちゃんは鞍の上に乗ってしまった。僕は出しかけていた手を引っ込める。

ああ、自分がいやになる。

これまでだって何度もこういうチャンスを逃しては、立ち止まって前に進めず来たんじゃないか。

いつもそうだ。もう一押し、あと一歩が足りない。

きっとこういうところが、「安心する」なんて言われちゃう原因なんだ。

結乃ちゃんの隣の馬は派手なピンク色だった。それでもまあいいか、と思ったとき、小学生ぐらいの女の子が「かわいい！」と叫びながら走ってきた。

そのすぐそばにいたお母さんらしき女性が追いかけてきて、僕に遠慮するようにして女の子の肩に手を置いた。女の子はその意味に気づいたのか気づかないのか、ピンク色の馬をじっと見ている。

いや、いいんだ。僕は隣じゃなくても。

ぱっと花咲くような可愛らしい色は、この女の子のほうが似合っている。

僕は女の子にピンクの馬をゆずり、結乃ちゃんの後ろの白い馬にまたがった。

銀色のたてがみ。クールな顔立ちが見目麗《うるわ》しい。

だけど、カッコいいのは馬ばかりで、白馬に乗った勇《いさ》ましい王子には、僕はなれそうにない。

ブザーが鳴った。

ゆっくり、ゆっくりと、メリーゴーランドが回り始める。

僕は結乃ちゃんの後ろ姿をじっと見た。

結乃ちゃんが突然、ぱっとこちらを振り返り、僕にただ笑いかける。

もっと見たい。

今だけ、僕だけに向けられたその笑顔を。

そう思った次の瞬間に、結乃ちゃんはくるりと前を向いてしまった。

ひゅるるっと胸に冷たい風が吹く。

結乃ちゃんの背中に向かって、こっそり手を伸ばす。

だけど結乃ちゃんには、この手は決して届かない。

君はいつも、いつもいつも、僕の少し前にいて、僕が近づこうとしても同じ速度で先に進んでいってしまう。

ぐるぐると回り続けるメリーゴーランド。

本当に、僕と結乃ちゃんの関係そのものみたいだ。

だけど結乃ちゃんの後ろ姿を見ていたら、この関係だって悪くないんじゃないかって、そんな気がしてきた。

少し後ろから、ずっと君のことを見ている僕。

結乃ちゃんはたまに、さっきみたいに振り返って笑ってくれて。

それぐらいがちょうどいいんじゃないか。

僕が結乃ちゃんを好きだって気持ちは、彼女には迷惑かもしれない。

告白するんだって意気込んできたけど、もしNGだったら？

これから先、今までと同じようにバイトで仲良くできるだろうか。

不意に、こわくなる。
やっぱり。
やっぱり、このまま……友達のまま……。
そうすれば結乃ちゃんを困らせることもなくて、自分が傷つくこともなくて。

そのとき、視界に赤白のシマシマが飛び込んできた。
あのピエロだ。
ワゴンをゆっくり引きながら、客の中をゆさゆさと歩いている。
そして老夫婦とすれ違いざまに、糸のついた風船をひとつ取って差し出した。

「ドウゾ！」

成り行き上という感じで、おじいさんが糸の先を手に取る。
すると、風船になんか興味なさそうだったその表情が、とたんにふわりと楽しげになった。

おばあさんもその隣で、華やいだ笑みを浮かべている。

それを見て僕は、ピエロに拍手したいような気分になった。

素晴らしい。

風船はいかがですかという、見事な「サジェスト」だった。

僕がピエロだったら、あんなふうに老夫婦に自然に風船を差し出せるだろうか。

お年寄りは風船を喜んだりしないかもしれない。

風船を持っていたら、アトラクションに乗るときに困るかもしれない。

僕は、そんなネガティブな想像を先回りさせて手を引っ込めてしまうだろう。

それはきっと僕が風船に価値を見出していないって、そういうことなんだ。

結乃ちゃんは言ってたっけ。

とっても美味しいから、一緒に食べたらきっと素敵だから、ぜひどうぞ！

そんな気持ちを伝えたいだけ。

結乃ちゃんは、うちのハンバーガーショップの商品を本当に美味しいって、心から思っている。

ポテトは、いかがですか。

ご一緒にお飲み物は、いかがですか。

だからそういう言葉がナチュラルに出てくるんだとやっと気づいた。

ピエロもきっと同じだ。風船は、鮮やかなオレンジ色だった。

これを持っていたらもっと楽しいから、ぜひどうぞ！

そんな気持ちを伝えたいだけ。

そして本当に、あの老夫婦はすごく愉快そうに、子どもみたいに笑っていた。

遊園地を歩くのに、きれいな色の風船はとってもよく似合う。

街中ではちょっと恥ずかしいかもしれないけれど、この明るくてファンタジックな場所でなら。

結乃ちゃん。
ずっと、ただ自信がなかった僕にも、胸張って言えることがひとつだけあるよ。
結乃ちゃんを想う気持ちは誰にも負けない。
君のこと、今以上にもっと笑わせたい。
だから……。

メリーゴーランドが、緩やかに速度を落としていく。
馬がまだゆっくりと動いているうちに、僕は鞍から飛び降りた。

回転が止まる。
今だ。

僕はすばやく結乃ちゃんの馬まで歩み寄り、鞍から下りようとしている彼女に手を差し出す。

僕は、いかがですか。

ご一緒にラブストーリーは、いかがですか。

2 — 回転マシン

「見た？」

前を向いたまま訊ねた私の隣で、葵《あおい》はこっくりとうなずいた。

「……見た！」


すっきりと晴れた日曜日、友達の葵に誘われてやってきた遊園地。

私たちは優雅に回っているメリーゴーランドの柵の前で列に並び、次の番を待ちながら、昨日見たお笑い番組の話なんかしていた。

馬たちがゆるやかに動きを止めようとしたとき、それは起きた。

白い馬に乗った男の子が鞍からさっと降り、ひとつ前のベージュの馬に近づいていった。そして、その馬に乗っていた女の子に優しく手を差し伸べたのだ。

ばっちり、目撃してしまった。

紳士的な、それでいて決して慣れていなそうな、男の子の照れたしぐさ。

ふわふわの髪の毛を揺らしながら笑った、女の子の嬉しそうな表情。

女の子は素直に手を伸ばし、男の子に体を預けるみたいにして鞍から降りた。そしてふたりはそのまま、手をつないで歩いていった。

「いやー！　なんて可愛いふたり！　心洗われた！　いいもの見たね、紗里《さり》！」

葵がはしゃぎながら、私の肩にもたれかかる。

私は彼女をちょっとまぶしく見た。

私と同じ25歳の葵。ふたりそろって仲良く、彼氏いない歴更新中。

たしかに、私も彼らのことを可愛いカップルだなと思った。あの初々《ういうい》しさは、付き合い始めたばかりなのかもしれない。

でも私は葵とは違って、それだけじゃ終われなかった。

いいなあ、うらやましい、と妬《ねた》ましさが芽生える。さらに、いちゃいちゃしないでよと悪態をつきたくもなる。

私はまったく、薄汚れている。思わずため息が出た。

「まさに白馬の王子様だね」

他に言葉が見つからなくて平淡にそう言った私に、葵はうんうんとうなずいたあと、ちょっとだけ空を仰いだ。

「王子もいいけど。でもそれより、私は馬が欲しいなあ」

そのとき、係員の案内で柵の扉が開かれた。

私と一緒にメリーゴーランドの中に入っていきながら、葵は続けた。

「だって知らない景色を見せてくれそうじゃない？」

そして彼女は足早に進み、「これがいちばん、カッコいい！」と白馬の顔をなでた。

さっき、カップルの男の子が乗っていた馬だ。

私はその隣の、ショッキングピンクの小柄な馬にまたがる。

手を貸してくれる王子様はいないし、いいのか悪いのか、これくらいなら私は問題なくひとりで乗り降りできる。

メリーゴーランドが動き出すと、葵は「やっほー！」と誰かに向かって大きく手を振った。

その視線の先で、紅白のしましまエプロンをかけたふくよかなピエロが笑顔で片手を挙げていた。

葵とは、去年、料理教室で知り合った。

区が開催している「小料理屋の女将《おかみ》に学ぶ家庭料理」という単発のイベントだった。私と葵は同じ班になって、豚バラと大根の煮物に取り組んでいた。

「えーと、塩、小さじ1」

ホワイトボードに書かれたレシピを見ながら、葵は小さじの計量スプーンで塩をすくった。

「これでいいんだよね？」

そう訊かれて、私はよくわからないまま「いいんじゃない？」と軽く答えた。

でも、ちっとも良くなかったらしい。その様子をたまたま見かけた先生があわてて飛んできた。

葵の手にある計量スプーンには、塩がこんもり山になっていたからだ。

「レシピの数字はね、すりきりでってことよ」

先生は笑っていたけど、「そんなことも知らないの？」とでも言わんばかりのあきれた口調だった。

先生は葵の手から小さじスプーンを取ると、そばにあった大さじスプーンの柄《え》を山にすべらせ、塩を平らにした。

鍋いっぱいの白い大根とは対照的に、私たちは互いに顔を真っ赤にしながら首をすくめた。

レシピの数字はすりきりで。

小料理屋の女将に学ぶまでもない、料理の初歩の初歩。

先生がよその班に行ってしまうと、葵はこそっと笑った。

「お料理できないから、知らないことがいっぱいあるから、だから教えてもらいに来たんだよねぇ」

私もうなずいて笑い返して、それからずっと、友達だ。


メリーゴーランドを降りると、ふたりで遊園地の中を歩き回る。

この遊園地はアトラクションの他に緑も多くてところどころにベンチもあり、園内をぐるぐる散歩するだけでも気持ちがいい。

前方から、ゴロゴロと音がした。さっき葵が手を振ったピエロが、大きな時計の載ったカートを押している。

紅白のしましまエプロン、同じ模様のコック帽。大きな体をゆすりながら、彼は楽し気に歩いてくる。

カートの庇にはフックが取り付けられており、フライパンやフライ返し、お玉がぶらさがっていた。脇には小さなガスコンロが設置されている。

すれ違いざまに、葵がまた手を振りながらピエロに問いかけた。

「お料理するの？」

ピエロは親指をぐっと立てて突き出すと、

「ウマイヨ！」

とだけ言った。

イントネーションからして、外国人らしい。そしてそのまま彼は、多くを語らずにゆっくり去っていく。

「あれは、ピエロだね」

葵が言う。

「うん？　そうだね」

わざわざ何だろうと思いながら私が答えると、葵はピエロの大きな背中を見ながら言った。

「涙が、あったでしょ」

「涙？」

言われてみれば、そうだった。

白塗りの肌、赤い鼻。にんまり笑っているような大きな口。

そして右目の下に、水色の涙がくっきりと描かれていた。

葵は続ける。

「道化師は一般的にみんな『クラウン』で、その中でも涙があるのが『ピエロ』って、聞いたことがあるの。つまりピエロはクラウンの一種なんだって」

「へえ、そうなんだ」

「ピエロの涙には諸説あってね。ひとつは、みんなに笑われながら自分も笑って、心で泣いてるっていうのと」

そこで葵はほんの少し間を置き、優しい表情で言った。

「もうひとつは、泣いている人の心を引き受けて、笑わせようとしてるっていうの。なんか、いいよね」

私は少しだけ、立ち止まる。

彼女にそんな意図はなかったと思うけど、それって……ちょっと、葵みたいだ。

「ぐるぐるめ、行こうよ！」

先週、葵と飲んでいたら突然そう言われた。

山中青田遊園地。

地元でこの遊園地を正式名称で呼ぶ人はあまりいない。

昔からみんな、暗黙の了解で「ぐるぐるめ」と呼んでいる。

「私、たまに行きたくなるんだよね。絶叫系、好きでさ。つきあってよ」

そう笑う葵を見て、私を励まそうとしているんだなとすぐにわかった。

愚痴をこぼしながら肩を落としている私に、さんざんつきあってくれたのは葵のほうだ。

正直なことを言うと、私は遊園地にはあまり乗り気ではなかった。

食わず嫌いかもしれないけど、葵が好きだという「絶叫系」のアトラクションに食指が動かないからだ。

だけど、私を気遣ってくれる葵の思いやりを考えたらそうは言えなかった。

私はデザイン会社に勤めている。規模としては小さめだけれど、取引先には大手も多くて、紙媒体やＷＥＢの他にスペースデザインなど、いろいろと手広くやっている会社だ。

私はそこで主にＤＭやチラシ作成の仕事をしている。

今は流れてくる作業を規定通りにこなすのでせいいっぱいだけど、早く自分でデザインを手掛けてみたい。そう思いながら3年目だ。

先日、うちの会社にお菓子メーカーからロゴデザイン作成の依頼がきた。

こんなときはまず、社内コンペが行われる。希望者全員、部署を問わず誰でも提出していいのだ。それは自分の実績を作る大きなチャンスでもある。

入社してから何度もトライしているけれど、私はコンペに通ったことがない。他のことで高い評価を得たこともない。

同期はみんな、いくつも好結果を残しているのに。

だから今度こそと思って、力を入れて挑んだのだ。

ところが今回の社内コンペで選ばれたのは入社して半年ほどの新入社員で、さらに私の直属の後輩だった。

私はいつも先輩面してあれこれと教えていたけど、実力は彼女のほうがずっと上だったのだと、つくづく思い知らされた。

「おめでとう！」

私はひきつった笑顔で後輩に言った。

やったじゃん、とか、すごいよ、とか、思いつくまま乾いた称賛の言葉をくっつけながら。

そんな私を、周囲はどう見ていただろう。

一番身近な新人にあっけなく追い抜かされた私が、必死で笑っている姿。葵の言うピエロ説でいえば、完全に前者だ。

それを思うと、胸が鈍く痛む。

葵の優しさに乗っかって、ふたりで遊園地に来てみたものの、私はまだぐじぐじした気持ちを引きずっている。

特に乗り物も決めずにふらふらと歩いていたら、回転マシンの前にたどりついた。塔の中心からアームが何本も出ていて、その先にカップ型のライドがついている。アームは扇風機みたいにぐるぐる回り、さらにライド自体も縦横無尽《じゅうおうむじん》に動いたり傾いたりしていた。

私からすれば、なかなかハードなアトラクションだった。あわてふためいているかのように激しく動き回るライドから、乗客の悲鳴と共に笑っている顔が見える。

人はどうしてわざわざ怖い思いをしたがって、そしてそんなときにどうして笑ってしまうのだろう？

回転マシンは、ワンクール回り終えるとライドをすべて着地させた。人々がよろよろと降りてくるのが見える。

カップの中であんなに翻弄《ほんろう》されて、ぐるぐる振り回されて、事が終われば同じ場所に降ろされる。なんだか私みたいだな、と思った。

結局、同じことの繰り返しなのかな。

デザインの仕事をしたくて今までがんばってきたつもりだけど、じたばたしてもぜんぜん力はつかず、誰かに認められることもなく、このまま同じポジションでただ同じ毎日を過ごしていくのかな。

あと何回チャレンジすれば、私は前へ進めるのだろう？

次の客がライドに乗り込んでいくのをぼんやり眺めていると、葵が言った。

「この遊園地って、正式には『山中青田遊園地』って言うのよね」

「うん。このへんの地名でしょ」

葵は「やまなかあおた」とつぶやきながら、人差し指で宙に何か描くように動かし始めた。どうやら、「山中青田」と漢字で書いているらしい。

「すごいな、全部シンメトリー」

シンメトリー？

ああ、言われてみれば、パーフェクトな左右対称の漢字が四文字組み合わさっている。私は驚いて言った。

「すごい偶然だね」

「ほんと。安定感のある美的バランス。こういうのは偶然っていうより、縁起いいってことなんだよ、きっと」

葵は満足気に目を細める。

私は葵のこんなところが好きだ。そして、少しうらやましい。

多くの人が見過ごしてしまいそうなささいなことにもちゃんと気づいて、そこに豊かで楽しい意味を持たせる。

葵はちょっとだけ首を傾けるようにして言った。

「この遊園地、なんでぐるぐるめって言うのか解明されてないけど、私が思うに」

「なに？」

「ぐるぐる回る系のアトラクションが多いからじゃない？　目が回っちゃうから、ぐるぐる目」

葵は、今度は自分の顔の前に人差し指を立て、ぐるぐると回した。

「そうかもね」

私も一緒に、指を回す。

すっかりへこたれている私は、アトラクションに乗らずとも、すでにもう、ぐるぐる目だ。

そのとき、ドーン！　と音がした。

そちらのほうに目を向けると、あのピエロがいる。カートに載った大きな時計は太鼓でもあるらしく、彼は木のお玉で勢いよく丸い面を叩いていた。

ドーン、ドーン！

鳴り続ける太鼓の音。

葵がピエロに近づいていきながら、「……3、4…」とカウントした。

10回。

そこまで叩くと、ピエロは太鼓の縁《ふち》をカーン！と打ち付けた。

時計の針は、10時半を指している。最後のあれは、「半」ってことか。

目の前に立っている私たちに顔を向けると、ピエロはにやりと笑い、うやうやしくお辞儀をした。

ふふふんふん、ふんふーん。

鼻歌まじりに、庇にかけてあったフライパンを取り出す。そしてそれをガスコンロの上に置き、人差し指を立てて私たちにウィンクをした。

「なんか始まったみたい」

葵が楽しそうに身を乗り出した。

私たちの後ろで、客がまばらに立ち止まる。

ピエロは胸のあたりで、両手をぱっと広げた。何も持っていない。

一度くるりと背中を向け、再びこちらを向くと、その手には黄色い液体の入った小瓶と、ビニールパックの袋があった。

「わ、すごい。手品だ」

カートの周りで小さなどよめきが起こる。

ピエロはガスコンロに火をつけ、小瓶の蓋《ふた》を開けてフライパンの上に液体をたらした。どうやら、油らしい。

次に、彼はビニールパックの封を破った。フライパンに向かってぱらぱらと褐色の粒が飛び出してくる。乾燥とうもろこし？　葵が手を叩く。

「ポップコーン！」

熱したフライパンの中で乾燥とうもろこしがひとつ、パチッと爆《は》ぜた瞬間に、ピエロは素早く庇の裏に手を伸ばした。

2　回転マシン

フライパンの蓋が出てくる。

そんなところに、そんなものが仕込んであったんだ。

ピエロがさっとフライパンに蓋をかぶせたのと同時に、とうもろこしがポンポンと弾ける小気味良い音が鳴り響いた。ピエロはフライパンの柄をにぎり、火から少し離しながら軽快にゆすり始める。

香ばしい匂いが漂う。少しずつ人が集まってきて、お父さんらしき男性と一緒に、小さな男の子が興味深そうに私たちの隣に来た。

とうもろこしが弾け終わるとピエロはフライパンを置き、バレリーナみたいにその場でぐるりと一回転した。

そして蓋をそっと開け、満足そうにうなずく。あふれんばかりのポップコーンがフライパンの上でほかほか湯気を立てていた。

ピエロは人差し指を立てたあと、胸元からエプロンの内側に手を入れた。緑色のキャップの小さな瓶が出てくる。中には白い粉が入っていた。

葵が私のほうに顔を傾ける。

「なんだ、あのエプロン、内ポケットがあるんだね」

「手品じゃなかったね！」

私たちは声を立てて笑った。

油も乾燥とうもろこしも、あそこに隠してあったのだろう。

ピエロは小瓶のキャップを外すとポップコーンの山にざあっと白い粉をふりまき、混ぜるようにしてフライパンをゆすった。きっとあれは、塩だ。

「ウマイヨ！」

ピエロはさっき葵にしたのと同じように、親指をぐっと突き立てる。

そしてまたエプロンの内ポケットから小さな紙袋の束を取り出し、ポップコーンをお玉で取り分け始めた。

「ドウゾ」

一番近くにいた小さな男の子に向けて、ピエロはポップコーンの入った袋を差し出した。

男の子は「わあっ」と顔を輝かせてそれを受け取る。無料サービスらしい。私と葵もピエロから袋を手渡され、遠慮なくいただくことにした。

ピエロはポップコーンを観客へと上手に分配し、フライパンを空にしてしまうと、またカートをゴロゴロと押しながら去っていく。

私と葵は、近くのベンチに腰を下ろして出来立てのポップコーンを食べた。

思わず顔を見合わせる。

「……おいしい」

「ね、おいしい！」

なんといっても、塩加減が絶妙なバランスだった。

しばらく食べ続けたあと、葵が言う。

「塩はすりきり一杯、なんて、やらなかったよね。あのピエロは」

「うん。なんか、適当だった」

「そんなもんだよ、適当が適量ってこともあるんだよ。でも」

葵はポップコーンの最後のひとかけを口に放り込むと、もぐもぐと咀嚼《そしゃく》してからこう続けた。

「きっとピエロも、最初からその匙《さじ》加減をわかってたわけじゃないよね。適当が適量にたどりつくまで、何回ポップコーンを作ったのかなあ」

それを聞いて、胸の奥で何かがことんと音を立てた。

なんだかはっとして、その気持ちを言葉に置き換えようとしたとき、葵がベンチから立ち上がった。

「あれ、乗ろうよ」

そう言って回転マシンを指さしている。

断る理由が見つからなくて、私も腰を上げた。

列の最後尾に並んだら、ちょうど次の番になったようで私たちはそのまま待つこともなく中に入れた。

カップ型ライドの二人乗り席に、葵と一緒に乗り込む。

太い安全バーが上から降りてきて、私たちをしっかりと留めた。指の先がひんやりと緊張で染まり、私はバーをぐっと握る。

鈍いブザー音。

じわじわとアームが動き始め、ライドが揺れる。

葵は早いうちから声を上げていたけれど、私は怖くて歯を食いしばっていた。

アームは加速しながら回り出し、私たちはどんどん高く引き上げられながら、放り出されそうな感覚に襲われる。

私はぎゅっと目をつぶり、とにかくこの時間が過ぎ去るのを待った。

「ああっ、きれい！」

え？


葵の声に、思わず目を開けた。

ライドはもう一番高いところまで来ていて、遠くが見渡せるようになっていた。

ほんとうに、きれいだった。

緑に包まれた山々、いつもより近い青空。

遥か先で、きらきらと光を受けている湖。ライドが揺れるたび、普段だったら見ることのない斜めの景色が現れる。

恐怖心がなくなったわけじゃない。

でもそれとは別に、新鮮な驚きがあった。

予測できない激しい動きに大声を上げながら、私と葵はふたりでその美しい風景を見た。

回転が止まり、ゆるやかに着地したライドから降りる。

私は、ふうっと大きく息を吐いた。

「………気持ちいい」

なんだか、さっぱりしていた。体も心も。

思っていたより、ずっと楽しかった。

同じところに戻ってきたはずだった。だけど同じじゃないって、そんな気がした。

ライドの中で揺れながら、風を浴びて、叫んで笑って、いろんな景色を見て、体感したことのない動きに身を任せて、そんなふうにぐるぐると時を経て。

回転マシンに乗る前の私と、今の私は、同じじゃない。

そう思った。


何度挑戦してもなかなか採用されない社内コンペ。

だからって、私は、何も変わっていない？

違う、そんなことはない。

社内コンペに挑戦するとき私はいつも、できるだけの資料を集めて、クライアントのニーズをたくさん想像した。

新しいソフトの使い方を覚えたり、先輩に聞いて勉強したり、その時間や労力が無駄だったはずはない。

どうしたってやっぱり私はデザインの仕事が好きなのだ。コンペに出すかどうか以前に、単純に楽しかった。

その気持ちは、確実に前より強くなっている。それだけでもじゅうぶん前に進んでいるんじゃないかって、やっとそんなふうに思えた。


何かを達成するまでの時間も、努力も、こうやれば予定通りにうまくいくなんて、レシピ通りの計量スプーンみたいにぴったり計ることなんてできない。

いくつもの経験を重ねながら、気がついたら手にしているものもあるのかもしれない。ピエロがあのポップコーンの味にたどりついたみたいに。

だから、今は。

いろんな景色を、気持ちを、もっと見たい、もっと知りたいと私は思った。

怖くても不安でも、自信がなくても、まだ遭遇していないたくさんのことをひとつずつわくわくと味わっていったら、涙のしょっぱささえも「ウマイヨ！」って笑えるんじゃないだろうか。

回転マシンを見上げながら、葵が私の考えていたのと同じことを口にした。

「もう一回行くか！」

私は迷わずうなずく。

次は目を閉じたりしない。また何か新しい発見をするかもしれないから。

私たちは笑い転げながら、風車《ふうしゃ》みたいに力強く回り続けるマシンに向かって走っていった。

3 — フードコート

なつかしいわねぇ、遊園地なんて何年ぶりかしら。

私たちみたいな70半ばの老夫婦がふたりで来たって浮いちゃうかしらと思ったけど、どうやらそんなこともないみたいで安心したわ。

ここに集まる人々は、グループだったり、ふたり連れだったり、家族だったり、老《ろう》若《にゃく》男女《なんにょ》多種多様。

めいめいに好きなように楽しんでいて、それも心地いい。

私たちはアトラクションには乗らず、ゆっくりと、じっくりと、園の中を歩いているだけ。

でもそれをおかしいなんてじろじろ見てくる人もいないし、何かに乗りなさいと指示してくる人もいない。

思えば遊園地って、この上なく自由な場所かもしれないわ。

さっきね、赤白シマシマのエプロンをかけた体の大きなピエロさんが、私たちに糸のついたオレンジ色の風船をくれたの。

「ドウゾ！」

って、それはそれはスムーズな渡し方でね。

あれはなんだか不思議だったわ。こちらから「ください」と求めたわけではないんだけれど、受け取るのがごくごく自然というような……もしかしたら、私たち、風船が欲しかったんじゃないかと思ってしまうような。

風船についた糸を手にした進一郎《しんいちろう》さんが「ありがとう」と言って笑顔になった。

私はそれがまたとっても嬉しかったの。

「可愛らしい色だなあ」

進一郎さんは風船を見ながら言った。彼が糸をちょいちょいっと引っ張ると、風船はそれに連動してひょこっ、ひょこっとユーモラスな動きを見せた。

私は楽しくなって答えたわ。

「そうね、他にもたくさん色があったけど、あのピエロさん、私たちにはオレンジをくれたのね」

「これなら目印ができるから、もし迷子になっても大丈夫だね」

「やだ、迷子になんかならないで」

私は冗談めかして笑ったけど、本心だったわよ。

迷子になんかならないで。

今日はずっと私の隣にいてね、進一郎さん。


空は気持ちよく青く晴れていて、そよぐ風が頬を優しくなでていく。

私たちの目の前を、5歳ぐらいの男の子がぱたぱたと駆けていった。

手には、自分の顔ぐらい大きなくるりとしたソフトクリームを持って。

「こら待て、大吾《だいご》！　走るな！」

後ろからお父さんらしき男性が追いかけていく。

元気のいい親子をほほえましく見ていたら、私の隣で進一郎さんが言った。

「凜々《りり》ちゃんと同じぐらいの年かなあ」

きっとそうねと、私はうなずく。


甥《おい》の子ども、といったら、何て呼ぶか知ってる？

男の子でも女の子でも「姪孫《てっそん》」っていうんですって。

凜々ちゃんは、進一郎さんの甥っ子である修平《しゅうへい》君の娘で、つまり私たちの姪孫にあたる。


てっそん。

なんだか仰々《ぎょうぎょう》しくて堅苦しいネーミング。

実際の凜々ちゃんはふにゃふにゃやわらかくて、それはもう、食べちゃいたいぐらい可愛らしいのにね。


お正月に修平君一家がうちにご挨拶に来てくれた。

奥さんの茉優子《まゆこ》さんと、そして凜々ちゃんと三人で。

修平君たちは遠くに住んでいるからめったに会うことはなくて、前に顔を合わせたときはまだ赤ちゃんだった凜々ちゃんが、歩いたりおしゃべりしたりする姿がほんとうに感動的だった。

私たちの娘である、尋子《ひろこ》の幼少時代を思い出して、胸がきゅーんって音を立てるぐらいだったわ。

「最近、特に目が離せないんですよ。気になることがあるとそちらにすぐ走って行ってしまうし、興味を持つとすぐにさわりたがるし」

茉優子さんがそう言って、困ったような笑みを浮かべた。

でもそれって、人間が持つ本来の正直さよね。

あれは何だろう、これは何だろう?

どこがどうなっているのかな?

そういう好奇心が、人類を発展させていったんだわ。

でもたいていの人たちは、社会のルールにのっとって、その気持ちを抑えてしまう。あるいは、抑えなければならない状況に置かれてしまう。

そんなことをしたらみっともないとか、相手に失礼なことだとか。

あるいは、あなたには他にもっとやるべきことがあるでしょう、と誰かに言われたりとかね。

それでもかまわずその関心事に手を伸ばし続けた天才奇才と呼ばれる人たち、それを見守った多くの人たち。

その功績を私たちはつい忘れてしまう。恩恵だけを、ただ受け取りながら。


久しぶりに会った凜々ちゃんを見て、私は思ったの。

ねえ、人って、生き物って、ほんとうにすごいわね。

ひとりで立つことさえなかった大福もちのようにふくふくの足は、少し見ないうちにちゃんと自分を支えて歩くようになっていたし、快か不快かだけを伝えることでせいいっぱいだった感情表現も、もうすっかり誰にも通じる仕草や言葉の習得を成し遂げていた。

それでも本人はまだまだ、自分のことをまず理解することも、他者に理解されることも難しくて、そのもどかしさを抱えているのよね。周囲の大人たちにとっては、それが悩みのタネであったり、またいっそう可愛らしくもあったり、なのよね。

はじめのうち人見知りをしていた凜々ちゃんも、私の作ったプリンをおいしそうに食べたあと、にこにことお話ししたり、幼稚園で覚えたという「やさいのダンス」を踊って見せてくれて、私ってば、わけのわからない涙が出てきてしまった。

すてきなものを見ただけで泣けてしまうのって、どうしてかしら。

しばらくして、トイレに行った凜々ちゃんが居間に戻ってくるとき、洋間の前で彼女は足を止めたの。

進一郎さんが使っている部屋なんだけれど、扉が半分、開いていたのね。

そこには、定年退職してから進一郎さんが趣味で始めた木工細工がたくさん飾ってあって、それが凜々ちゃんの目に留まったみたい。

ふああ、と口を開けている凜々ちゃんに、進一郎さんが言った。

「見るかい？」

「うん！」

凜々ちゃんは満面の笑みを浮かべて洋間に入っていったけど、進一郎さんもいつになくデレデレした顔になっていること、私は見逃さなかったわよ。


進一郎さんの木工細工は、すべて、割り箸だけを使っているというのが特徴。

最初は格子《こうし》に組んだペン立てや、寄木《よせぎ》にしたフォトフレームなんかを作っていたんだけれど、螺旋《らせん》状に重ね合わせた見事なランプシェードを仕上げたあたりから、まるで天啓を受けたように創作の世界に惹き込まれたみたいね。

だってすごいのよ、割り箸だけで、機関車や飛行機や、東京タワーに神社、お城だって作っちゃうのよ。


もともと手先の器用な進一郎さんは、洋間にこもっては、割り箸をカットしたり削ったり組み合わせたり、ひとりでもくもくとこつこつと、「小さくて広大な」イメージの中で顔を輝かせるようになった。

目を見張るような精巧さはもちろんのこと、木のぬくもりを活かしながら、どこかエレガントで気高くて、そしてちょっとした遊び心があって……。

なんていうかね、とってもドラマチックなの。

尋子の勧めで地域ギャラリーが募集していた作品展への出品が決まり、進一郎さんの作った金閣寺が新聞で取り上げられて取材まで受けてね。

そこからぽつぽつと、お披露目の機会が増えていったわ。

進一郎さんの割り箸アートがひとつずつ完成するたび、私がそれを一番初めに見られることが嬉しくてたまらない。

作品を見た人が、まるでおとぎ話の中に入り込んだような驚きと喜びに満ちた表情をしていることが、誇らしくてたまらない。

遊覧船にそっと手を伸ばしかけた凜々ちゃんに、修平君が「さわっちゃだめだよ」と言った。

凜々ちゃんはおとなしく手をひっこめて、じいっと目をこらしながら、作品をひとつひとつ丹念に見て回ったわ。

彼女の頰は光るように赤くなって、すっかり魅了されているのがわかった。


そんな修平君一家から、連絡があったの。

来月の連休、またこちらに遊びに来るって。なんて嬉しいお知らせ。

凜々ちゃんが進一郎さんの木工細工をまた見たがっていると聞いて、すっかり気をよくした進一郎さんが「泊まっていくか？」と半分冗談で言った。

そうしたら修平君が「いいんですか！」って。

もちろん、大歓迎よ。

それなら、泊まった次の日はみんなで遊園地にでも行きましょうって、そんな流れになったのよね。

このあたりで遊園地といえば、山中青田遊園地。

通称、ぐるぐるめ。

どうしてだか、みんなにそう呼ばれている。

尋子が子どもの頃は家族で何度か足を運んだけど、もうずいぶん長く来る機会がなくて、今はどうなっているのかわからなかった。

遊具が変わっていたり、劣化していたりするかもしれない。

凜々ちゃんが安全に楽しめるかしらと、私たちは今日、下見に訪れたの。


心配は何ひとつ、いらなかった。

遊具はきちんとメンテナンスされていたし、園内は明るくてきれい。

ピエロさんからもらった風船は、童心にかえって歩く楽しさを増長させてくれる。

そして、ソフトクリームを持った男の子が飛び出してきたのは、フードコート。

私たちは緑豊かな園の中を散歩みたいにのんびり歩いていて、気がつけばそこに着いていた。

そのとき、

ドーン！　ドーン！　ドーン！


響いてきた音に振り向けば、あら、さっき私たちに風船をくれたピエロさん。

大きな太鼓は時計になっているのね。

まあ、よく見たらバチは木製のお玉じゃないの。面白いこと。

時計はきっかり12時を指しているから、彼が打ち鳴らしている音は時報なのかもしれない。

数えていなかったけどきっと12回の、ドーン！　ドーン！


「お昼ごはんにしようか、美佐子《みさこ》さん」

進一郎さんが言った。

そうね、私も同じことを考えていたわ。

私たちはフードコートの中に入り、にぎわう店舗をぐるりと見て回った。

屋台の上にディスプレイされたメニューを、私たちは見上げる。

いったい何があるかしら。ハンバーガー、ホットドッグ、パンケーキ、ドーナツ、焼きトウモロコシ、ピザ……。

他にもまだまだ、たくさん。

一斉に並んだその楽しいメニューは、どれもこれも、とってもおいしそう。

なんだかこの場所自体がアミューズメントパークみたいだわ。

お料理すること、食べることって、なんて愉快で芸術的なことでしょう。

この遊園地、おいしそうなものがたくさんあって、見てるだけでおなかがすいてぐるぐる鳴っちゃうから、「ぐるぐるめ」っていうのかしら。


席を最初にとり、進一郎さんは椅子の端に風船の糸をくくりつけた。

そして私たちはまず、飲み物を注文した。

私はソーダ、進一郎さんはコーラ。

しゅわしゅわの冷たい炭酸、明るい縞柄の紙コップ。

我が家の冷蔵庫でも食器棚でも、めったに姿を見せないものばかり。

ささいなことだけれど私たちにとっては、普段の生活にはあまり取り入れられない、ちょっとだけ刺激的な非日常。

そう、時にはこんな時間も、経験も、必要なんだと思う。

大がかりではない、気負わない、ちょっとした旅のようなもの。


「何を食べようかなあ」

進一郎さんはゆっくりと考えたあと、焼きそばを選んだ。

あらやだ、私もそうしようと思っていたの。

真似するみたいでちょっと恥ずかしいけど、ふたりで仲良く焼きそばを食べることにしましょう。

トレイに載せた飲み物と焼きそばをテーブルに運び、私と進一郎さんは向かい合って座りました。

すると進一郎さんは、突然、ぼんやりとこう言ったの。

「プレゼントって、難しいものだね」


進一郎さんが何を言いたいのか、私はすぐにわかったわ。

だって彼は、焼きそばを食べるための割り箸をじっと見つめていたから。


凜々ちゃんに木工細工をプレゼントしたいのよね。

修平君一家が遊びに来てくれることになってから、何を作ろうか、ずっとうんうん考えていたのよね。


修平君に「さわっちゃだめだよ」と言われた凜々ちゃんが手をひっこめたときのしぐさを、進一郎さんは気にしていた。

凜々ちゃんが思わず作品に触れたくなった気持ちを否定したくないと思ったんでしょう。

あの小さな手に取れるようなもの、そんなに慎重に扱わなくても大丈夫なものを贈りたいと。

「5歳の女の子って、何を喜ぶのかなあ。車やバイクでもなかろうし……いや、車でもピンクに塗ればいいのかな？」

進一郎さんは、うううううん、と首をひねりました。

「それともウサギとか。何本も束にしてまとめてくっつけて、彫刻刀で切り出してみるかな……そんなのやったことはないけど」

その悩みっぷりといったらあまりにも深くて、まるで進一郎さん自身がピンクのウサギになってしまいそうだった。


「焼きそばが冷めてしまうわよ、進一郎さん」

私に促されてはふはふと焼きそばを食べはじめた進一郎さんは、なんだかがっくりしたようにこう続けたの。

「尋子が5歳ぐらいのときのことを想像したんだけれどね。なさけないことに、それでも、何がいいのかさっぱり思いつかないんだ。その頃といったら私は仕事が忙しくてほとんど家にいなかったから、尋子のことをちゃんと見ていなかったのかもしれない。美佐子さんにまかせきりで」

まあ、びっくりした。

進一郎さんってば、今になってそんなことで落ち込んでいるの。

そんなことありませんよと急いで否定しようとして、進一郎さんのほうに体を向けたら、私は持っていた割り箸をうっかり落としてしまった。

地面に転がっていく二本の細い木。

いやだわ、お行儀の悪い。新しいものを取りに行かなくちゃ。

私が箸を拾おうとかがみこんだとき、目の前にむくむくと太い指が現れた。

顔を上げるとそこには、あら、ピエロさん。

彼は片手で落ちた割り箸を拾い上げ、もう片方の手をエプロンの胸元から内側に入れた。

「ドウゾ」

そう言って未使用の割り箸を内ポケットから取り出し、私に差し出してくる。

「ありがとう。便利なポケットなのね」

私が受け取ると、ピエロさんはパチリとウィンクをした。


「イッショニ！」


え？　一緒に？

ぽかんとしているうちに彼は立ち上がり、すぐそばに置かれた太鼓の載った荷台に手をかけ、大きなおなかをゆすりながら行ってしまったわ。

「一緒に……なにかしら。ポケットにはなんでも一緒に入ってるってこと？」

私が言うと、進一郎さんも首をひねる。

「外国の方《かた》だね。よくわからないけど、日本語を勉強中なのかな。たいしたものだな、日本語は難しいだろうに」

進一郎さんが感心したようにピエロさんの背を見送って。

私はピエロさんがくれた割り箸を手に、こんなことを思い出しました。


ねえ、進一郎さん。

尋子が私たちにくれた「プレゼント」、あれは嬉しかったわね。

金婚式のお祝いにって贈ってくれた海外旅行。

ツアーで知り合った、結婚3日目の若い奥さんから言われたことを、進一郎さんは覚えているかしら。

「50年もそんなに仲良くいられるなんて、おふたりは運命の赤い糸で結ばれてたんですね」って。

なんてロマンティックなことを言うお嬢さんかしらってちょっと感動しちゃったけど、今思うのよ。

夫婦って、割り箸みたいなものかもしれないわ。

運命の赤い糸かはわからないけど、結ばれてぴったり合わさって「セット」となった私たち。

だけど割り箸が本領発揮するのは、箸袋に収まっているときじゃない。めいめいが独立してはたらくとき。

一対でありながら左右それぞれの役割を得て、離れてはくっついて、だからこそ、お互い助け合うことができるのよね。


進一郎さんがあの頃、私にまかせきりで尋子のことを見ていなかったなんて、それは違うわ。

あなたはどんなに疲れて帰ってきても尋子の寝顔を必ずのぞいていたし、普段忙しいぶん、会えるときの時間をすごく大切にしていた。

幼い尋子ときちんと目を合わせて、たくさんの話を聞かせていたわ。

私の体調が少しでも悪いとすぐに気がついてくれたことだって、それだけで私は嬉しかった。

そして私たちの生活を、愛情をもって一生懸命支えてくれた。

私たちはそんなふうに、一緒にあの子を育ててきたのよ。どんなときも。

あなたと、一緒になること。

尋子が私たちのもとに生まれてきてくれたこと。

それが私の人生で神様がくれたプレゼントだった。

プレゼントって、渡したら贈り手のもとからなくなるものでしょう？

だからそれでおしまいって思うかもしれないけど、受け取った側にとって、そのプレゼントがまた別のプレゼントを連れてくることもあるのよ。

贈り手が特にそれをあげようなんて意識していなかったような。


たとえば、こんなこと。

あなたと結婚してから五十数年、気がつけば周囲がにぎやかになっていったわ。

親が増え、兄弟ができ、娘が生まれ、甥っ子に姪っ子、果ては「てっそん」まで。

不思議よね、結婚って。血のつながらない人と一緒になったのに、家族がたくさん増えていくなんて。

もちろん、いいことばっかりじゃない。

そりゃあ、今までいろいろあったわよ。

ほんとうに、いろいろね。

だけどあなたが私にどんなふうに幸せをくれているのかは、私が決める。

それは、進一郎さんはもちろん神様だって知らないことよ。


「割り箸は、割らなければ、使うことができないわ」

私は、くっついていた割り箸をぱきんと離した。

「なんだか哲学っぽいね」

進一郎さんが笑う。

私はちょっと呼吸をおき、彼に顔を向けた。

「あなたのアートのファンとして言うけれど」

進一郎さんがちょっと真顔になる。

私は思ったままのことを口にした。

「5歳の女の子に合わせなくたっていいんじゃないかしら。だって、凜々ちゃんは、普段あなたが作っているアートが大好きなんだから。その世界がすてきって思ってるんだから。いつもの通りあなたの思うまま、そのままでいいのよ。あなたの作品のどこがどんなふうに素晴らしくて好きなのかは、見ている人がそれぞれ自由に決めるんだと思うわ」

進一郎さんは私の話をじっと聞いていたけれども、やわらかくほほえんだまま、何も言わなかった。

そして焼きそばをゆっくりおいしそうに食べ終わると、コーラを飲んで、あたりをぐるっと見回して、ふう、と満足気に息をついたの。

「……テーブルセット、なんてどうかな」

それは提案や相談なんかじゃなかったわ。

もう、進一郎さんの中では完成しているも同然だった。

私も想像した。

今、私たちが向かい合って座っているテーブルと椅子が、進一郎さんの手によってたちまち素朴な木のミニチュアになって、そこにちっちゃな私とちっちゃな進一郎さんが座っているのを。

「いいい。すごく、いいいと思うわ」

あなたが作るそのテーブルセットに、凜々ちゃんは誰を座らせるのかしら。

今からもう、うっとりと目が潤んでしまう。

進一郎さんが木の箸を重ねるたび、見た人の数だけ世界が増える。

ひとつ、またひとつ。

あなたがこの世に差し出すプレゼントを、たくさんの人が受け取っていく。

そしてきっと、あなたのあずかり知らぬところで、また別の何かが生まれていくのでしょう。

私はそんな魔法がかった景色に立ち会いたい。

願わくばあなたと一緒に、これからもずっと。

4 — ジェットコースター

まったく、ばかみたいに晴れていやがる。

こんな天気のいい日曜日に、なんでオレはひとりで遊園地なんか来なくちゃいけないんだ。

あたりを見渡せば、何やら初々しい若いカップル、仲の良さそうな友達連れ、寄り添い合っている老夫婦……。幸せそうな客ばかり。

日常を離れて、ちょっとした異世界に遊びに来ている人々の笑顔は、今の俺にはまぶしい。

みんな楽しそうでいいよな。

ちきしょう、オレは仕事だよ。

スーツにネクタイ締めて、革靴を履いて、ひとりで浮いてる。

4　ジェットコースター

キッチン用品メーカーで働く営業マンのオレ。

江上淳《えがみじゅん》、35歳、働き盛りの中間管理職。


この「山中青田遊園地」のフードコートは、以前からうちの会社の大口の取引先になっている。

でも担当はオレじゃない。早瀬《はやせ》部長だ。

なのに先週、早瀬部長はこう言ったんだ。

「悪いけど、来週のぐるぐるめの営業、江上くん行ってくれる？」

ぐるぐるめとは、山中青田遊園地の通称だ。

理由はよくわからないけど、みんながそう呼んでいる。

遊園地の窓口になっている支配人、岡野《おかの》さんにアポをとったところ、この日曜日しか対応できないらしい。

早瀬部長は顔をにやつかせながら言った。

「その日、うちの娘の誕生日なんだよねえ。せがまれて、ディズニーランドに連れて行く約束しちゃってさ」


遊園地に行くなら、ぐるぐるめにすればいいだろ。

そのついでに営業してくりゃいいじゃないか。

そう思いつつ、イヤですとは言えなかった。

それどころか、へらへら笑ってこう答えていた。

「いいですよ、オレ、独り身なんでどうせヒマですし。娘さん、お誕生日おめでとうございます。楽しんできてください」

なんでゴマするようなこと言っちゃうのかな。

点数稼ぎしたいのかな、オレ。

「よかった。じゃ、田内《たうち》くんとふたりでお願いね。これから田内くんに担当を引き継がせることにしたから、何度か一緒に行ってるんだ。サポートしてやって」


…………田内。

こめかみが、ぴくんと震えた。

今年入った新人の中で、あいつだけは苦手だ。

遅刻の常習犯、ケアレスミスの担当。

まあ、最初のうちはそれも仕方ない、大目に見よう。

オレがヤツをどうにもこうにも「無理」と思うのは、どんな失敗をしてもへっちゃらすぎるところだ。

社内の人間に叱られても、取引先を怒らせても、いつも「すいませーん」と軽い調子で聞き流し、いっこうに反省している様子はない。

あのスルースキル、どうやったら身に付くんだろう。

うらやましいくらいだ。

田内とふたりで営業。

気は進まないが仕方ない、仕事だ。

早瀬部長の代わりにオレが同行することを田内に伝え、遊園地前に12時半待ち合わせを決めた。アポは13時だ。

しかし、5分待っても10分待っても、田内は来ない。

おかしいなと思って電話すると、寝ぼけた声で「あれぇ？　今日でしたっけ」と言われた。


「すいませーん、今起きたんで。ハハッ」

…………どうして笑ってるんだい、田内くん。

「もういいよ、オレひとりで行くから」

怒る気にもなれず脱力しながらそう言うと、田内は「すいませーん、助かります！」と明るく答え、あっちから電話を切った。せめて「すいません」じゃなく「すみません」と言えないか。思わずため息が出る。


気を取り直そう。

今日、営業をかけるメインになるのは「焼き網」だ。

うちの会社は、調理器具や食器、弁当箱など、食まわりの商品全般を取り扱っている。ぐるぐるめのフードコートから続く緑地にバーベキューコーナーを作る予定だという情報を、我が社がいち早くキャッチしたのだ。

オレは焼き網のサンプルとカタログがどっさり入った紙袋を提げ、支配人の岡野さんを訪ねた。

遊園地の奥の事務所にいた岡野さんは、60代ぐらいの小柄な男性だった。

初顔《はつがお》のオレと名刺交換をすると「江上さん。課長さんね」と、どうでもいいふうに言い、ちょっと戸惑ったような顔を見せた。

「田内くんは？」

「あ……。申し訳ございません、急な体調不良で。田内もおうかがいしたかったと大変恐縮しておりました」

オレは田内の代わりに頭を下げる。

岡野さんは「大丈夫かな、田内くん。仕事、忙しくて疲れちゃったかな」と心配そうな表情を浮かべ、こう続けた。

「あの子、おもしろいよね。明るくていいよ」

気に入られてんのか、田内。

ふーん。

なんだか釈然としない気分のまま、オレは「ありがとうございます」と曖昧に笑ってうなずく。

ともかく、営業だ。

ローテーブルを挟んで向かい合って座り、オレは紙袋から商品を取り出した。

「本日は、こちらの焼き網をお持ちしました」

「焼き網？」

「はい。山中青田遊園地さんで、新しくバーベキューコーナーを設置されるとおうかがいしまして」

岡野さんは「ああ」と言って、少し身を乗り出した。

「こちらですと、軽量で扱いやすいかと思います。もしくは、このタイプでしたら特殊加工で肉などが焦《こ》げ付きにくくなっており……」

セールストークを始めたオレに、岡野さんはちょっと手を挙げる。

「ごめん、ここでのバーベキューは火を起こして網を載せるスタイルじゃないんだ。それだと煙がすごいし、炭の用意も大変だし。テーブルの中央にホットプレートを置く穴を作って、電気を通そうと思ってるよ」

「……そ、そうなんですね」

だったら、ホットプレートの営業に切り替えだ。

でも、あいにく資料がない。あらためてアポを取り直そうとしたとき、岡野さんが腕組みをした。

「ホットプレートはもう、他社さんがいいのを持ってきてくれてね、それを使おうと思ってるんだけど」

うちよりも早くに情報を得た会社があったのか。

愕然《がくぜん》として言葉を失っていると、岡野さんは顎に手をあてた。

「お客さんが楽しい気持ちになってくれるアイディアがないかなあって、ずっと考えてるんだよね。バーベキューしたくなるような、ワクワクするやつ。何か思いついたら教えてよ」

「あ……はい」

奥のデスクにいた女性が「岡野さん、お電話です」と受話器を掲げている。

岡野さんは「じゃ、せっかくだから遊んで行ってよ」とオレに愛想笑いを残し、
あっさりと立ち上がった。

「遊んで行ってよ」と明るく言われたところで、とてもじゃないがそんな気にはなれなかった。

まっすぐ帰ろう。

賑やかな園でひとりだけ場違いな自分を恥ずかしく思いながら、オレはとぼとぼと歩く。

そのとき、
ドォオオオオオオオオン!!!!

と、大きな音がした。

突然のことに、オレは飛び上がって驚いた。

そちらを見ると、赤白シマシマのエプロンをかけた派手なピエロがでかい太鼓を叩いている。

すれ違いざまだったので、ことさら音が大きく響いたのだろう。

ピエロがバチとして手に持っているのは、木製のお玉だ。

察するに、あれはきっとブナの木から作られている。

軽くて丈夫、ナチュラルな木目が美しい。どこのメーカーの商品だろう。

ピエロは今度は、太鼓の縁にお玉をあてた。


カーン!!


ピエロが叩いている丸い太鼓は大きなアナログ時計で、針は1時半を指していた。

時報か。

よくよく見ると、その太鼓が載っているカートはクッキング仕様だ。

庇のフックにぶらさがるフライパン、フライ返し。脇にはガスコンロまで備え付けられている。ここまできたら、このピエロにも営業かけるか。

遠慮なくじろじろ見ていたら、ピエロがオレに向かって両腕を広げた。

「イッパイ!」

「は?」

オレがぽかんとしているのをよそに、ピエロは大きな体を揺らして笑い、カートを押しながらゆっくりと去っていく。

いっぱい?

調理器具がいっぱいあるってことか? もう間に合ってますって?

首をかしげながら歩き出そうとしたとき、ゴーーーッという騒音と共に叫び声が聞こえた。

すぐそばに、ジェットコースターがある。

長蛇の列だ。人気のアトラクションらしい。折れながらぐるりとうねっているその列を見て、オレは納得した。

そうか、「ぐるぐるめ」って、こんなふうにぐるぐる巻きになって並ぶほどみんなを夢中にさせる遊園地って意味なのかな。

自分の番を待ちわびている人々を横目に通り過ぎようとしたとき、思わずハッと足が止まった。

最後尾に並んでいる親子連れの、母親のほう。

彼女の腰に提げられている、あの四角いプラスティックの小箱はもしかして……。

オレはふらふらと、吸い寄せられるようにその母親に近づいていった。

そばにいる娘は小学校中学年といったところだろう。並びながら、テイクアウトのホットドッグをむしゃむしゃと食べている。

列に並ぶふりで彼女たちの後ろに立ち、じっとその箱を見つめた。

間違いない。

昔、オレが担当した、乳幼児用のドリンクホルダーだ。

幼い子どもが紙パックのドリンクを飲むとき、パックの中央を押してしまってストローからジュースがこぼれることがよくある。それを防止するための、パックにちょうどいいサイズのホルダーだ。両脇に取っ手がついているので、そこを持てば飲みやすいように設計されている。

前にいた人々がざあっと前に進んだ。次の番の客が乗ったのだろう。

オレも前を歩く親子の後を追いながら凝視する。

もちろんジェットコースターに興味はない。

少ししたら、気が変わったような顔で列から離れればいい。

その母親はオレと同じ年ぐらいに思えた。

ホルダーは緑色で、猫のイラストがついている。

母親は腰に提がっていたホルダーの取っ手をさっと持ち、中に納まっている紙パックのジュースをストローでちゅっと飲んだ。そしてまた、腰に戻す。

オレは息をひそめ、じっとその様子を見た。

この母親は自分で取っ手に紐をつけて、ポシェットのように斜め掛けしているのだ。なるほど、それなら両手が空く。娘が幼いころに使っていたものを、再利用しているのだろう。

子どもにそれをやらせたら危ないしこぼすかもしれないけど、大人なら普通に便利グッズになる。なんて頭のいい人なんだ。

よし、近いうち開発部にこの話をして、今後は紐がつけられるデザインの工夫を提案しよう。


「お母さん、ゴミ袋ある？」

「うん、ちょっと待って」

母親は布製の大きなトートバッグからビニール袋を出し、娘に渡した。

娘はホットドッグを食べ終わったあとの包み紙をその中に入れる。

母親はその間にジュースを飲み干し、ホルダーの中から紙パックを取り出して一緒に袋にまとめた。


そのあと母親は、ホルダーを手際よく折り畳んだ。

そう、そうなんだよ、この商品のもうひとつすごい点は、こんなふうにコンパクトに折り畳めるってところなんだ。

ぺたんと板状になったホルダーに紐をくるっと巻き付け、彼女はトートバッグにぽんとしまった。

オレはすっかり興奮してしまい、話しかけたい気持ちをぐっとこらえる。

数多く売られているドリンクホルダーの中から弊社の商品を選んでいただいた上、長きにわたりそんなにも素敵にご活用くださり、誠にありがとうございます。


ふと気がつくと、オレの後ろにはもう大勢の客が並んでいる。

親子に心で礼を述べ、その場を離れようとしたとたん、娘が言った。

「そのドリンクホルダーってさ」

ん？

なんだ？　そのドリンクホルダーってさ。その続きが聞きたい。

「私はよく使ってたみたいだけど、大吾はあんまり好きじゃなかったよね」

えええ、そうなのか。

大吾って、誰だ。弟か。

母親は首を横に振る。

「好きじゃなかったわけじゃないよ。使おうとしても意味なかったから、私が出さなくなっちゃっただけ」

意味がない？　どういうことだろう。

オレはそのまま動けなくなった。母親はなんだかちょっと嬉しそうに言う。

「大吾はねえ、中身が見えないと、これなんだろうって気になってすぐホルダーから出しちゃう子だったのよね。ちゃんとオレンジジュースだよって見せてから入れてもダメ。手品みたいに変わっちゃうと思うのかな。隠れてるとワクワクしちゃうんだろうね」


……そうか。そうなのか。

それなら今度は、中身が見えるようにクリアなバージョンも……。

ためになるなあ、ユーザーの生の声。


「そういえば、さっきお母さんがトイレ行ってるときも、フードコートで私のホットドッグの中身を見たがってパンを開こうとするから、怒って止めたの」

娘がぶうっと頬をふくらませる。

「だって大吾ね、ホットドッグって、パンの中に犬が入ってるんじゃないかっていうんだよ。お父さんが英語で猫はキャットで犬はドッグだなんて話をしたから」

「あはは、ばかだねえ」

「お父さん、ちょっと自分が知ってる英単語があると得意げになっちゃって。お母さんが英語の先生だから普段は太刀打ちできないけど、お父さんだって英語わかるぞって大吾にアピールしようとしたのかも」

母親が笑って語り出した。

「でも、あながち遠くないかも。ホットドッグの中に入ってるソーセージはもともと、ダックスフントソーセージって呼ばれてたらしいよ」

「ええ？　そうなの」

「細長くて茶色くて、ダックスフントみたいに見えたんだろうね。調理したばっかりでアツアツだと手づかみできないから、パンに挟んで売られるようになって、どっかの漫画家がそれをまた逆に犬に見立てて作品を描いたんだって。そのタイトルに使われたネーミングが『ホットドッグ』。それでこの名が世に広まりましたとさ。まあ、諸説ありだけど」

ホットドッグ、か……。あの形状を思い出す。

上と下のパンに挟まれた、アツアツのソーセージ。

まるでオレみたいだよな。

ふわふわした上司とノリの軽い部下に挟まれて、ひとりでカッカとアツくなってるオレ。


少し感傷的な気持ちになってうつむいていると、母親が言った。


「そうだ、Hot dogって、スラングにもあるのよ」

「スラングって？」

「うーんと、スラングっていうのは、仲間内で言うような砕けた表現」


どうせいい意味じゃないんだろうなと思っていると、並んでいた客がまた一斉に動いた。

もう次の番か。そろそろ離脱しないと、オレもジェットコースターに乗らなくてはいけなくなってしまう。Hot dogのスラングの意味は気になるけど。

列からそっと外れようとしたら、若い女性係員が人差し指をちょいちょいと立てながらやってきて、さっとオレに手を掲げて言った。

「はい、次の回のお客さんはお父さんまで。どんどん乗ってくださいね！」

「え？　いや、オレは」

この人たちのお父さんじゃありません。

っていうか乗るつもりじゃありませんでした。

オレが言う隙も与えず、係員は急ぎ足で戻っていってしまった。

娘がオレを見て、きょとんとしている。

「………なんか、すみません」

オレは仕方なく、頭をかきながら親子に謝った。いや、べつにオレが謝ることではないんだが。

聡明な母親がオレに笑いかけた。

「よろしければ、ご一緒しましょう」

そのほほえみに、ほっと救われた。それならまあ、乗ってみるか。

「あの、聞こえちゃったんですけど、Hot dogのスラングってどんな意味なんですか」

前に進みながらオレは訊ねる。

母親はニヤッと笑い、親指を突き立てた。


「〝やったぜ！〟です」


やったぜ？

そうなんだ。案外、いい意味じゃないか。

オレはちょっと嬉しくなった。


止まっているジェットコースターのシートに乗りこみ、安全バーを倒す。

ほどなくして、ジェットコースターが動き出した。

最初はゆっくりと、次第にスピードを上げて。

レーンは爆音を立てながらものすごい勢いで山に変わり谷に変わり、オレたちはその上をなすがままに滑らされていく。

必死で安全バーにつかまりながらも、ふと、おかしさがこみあげてきた。

なんだろう、これは。何やってるんだ、オレ。

まさか今日、ジェットコースターに乗ることになるなんて。

オレの担当した商品を使ってくれている親子のお父さんになっちゃうなんて。

ほんとに人生ってわかんないもんだな。


「イッパイ！」

あの派手なピエロの声が頭に響いてくる。

そうだな、不思議なこと、おもしろいことはいっぱいある。

こんなふうに偶然めぐり合わせたお客さんから、いい意見が手品みたいにぽんぽん出てきたよ。


手品。そういえば……。

「――手品みたいに変わっちゃうと思うのかな。隠れてるとワクワクしちゃうんだろうね」


隠れてるとワクワクする。

そうだ、それは子どもに限らず人間の心理かもしれない。

ぐるぐる回っているオレの脳裏に、ひらめくものがあった。


プラスティックのボウルに、同じくプラスティックの取り皿を何枚も重ねてセットして、カトラリーや調味料も入れ込んで、同じサイズのボウルで蓋をする。

バーベキューセットを玉に見立てた「バーベ球《きゅう》」って、どうだ。

おまけの駄菓子なんかも入れたら、なお楽しいだろう。


使い勝手のいいプラスティック製品は、うちの会社の得意とするところだ。

みんながバーベ球の見えない中身にワクワクするんだ。

蓋を開けて、わあっと喜ぶ笑顔がもう見えるみたいじゃないか。

球の中に入っているものものもボウル本体も、あますところなく使えるんだぜ。

いっぱい、いっぱい。

そんなことを考えていたら、オレ自身がワクワク楽しくなってきた。


オレは今日、朝からくすぶっていた。

違う、今日だけじゃない。これまで仕事しながら、ずっとだ。

割が合わない、自分は損してるって、思い込んでいた。

だけど思いがけずこうして使ってくれる人の笑顔が見られて、貴重な話が聞けた今日この日、オレはものすごいラッキーに見舞われたのかもしれない。


今思い立ったこのアイディアを、週明けすぐに会議にかけよう。

アツアツのうちに。


母親と娘が笑いながら大声で叫んでいる。

「キャー！」とか、「すごーい！」とか。

今ならなんでも、叫びたい放題だ。

オレは両手を上げ、力の限りの声を空に放つ。満面の笑みで。

「やったぜ！　Hot dog！」

5 — イベントステージ

ドーン、ドーン、ドーンと、3回、太鼓を叩く音がした。


その音が響く中、俺たちは園内のイベントステージ会場に来ていた。

ヒーローショーを見たいというのは、息子の大吾のリクエストだった。

それで家族4人でここに足を運んでみたのだが、客席はびっくりするほどまばらでほとんど人がいない。


派手なシマシマ紅白のエプロンをつけたピエロが、客席周りを闊歩《かっぽ》している。

さっきの太鼓はこのピエロが叩いたのだ。

調理器具を下げたカートに、時計の針がついた大きな丸い太鼓が載っている。

時刻を見るに、3時の時報だったらしい。

5　イベントステージ

ヒーローショーが始まるのは15時15分とパンフレットに書いてあった。

そのうち客が集まってくるだろうと思いながら、俺たちは客席に向かっていく。

うちの家族構成は、俺と、妻の芳子《よしこ》、11歳の理穂《りほ》、5歳の大吾だ。

遊園地に来て、家族4人が2人ずつに分かれて行動するにはちょうどいい。

さっきも、俺と大吾がフードコートでのんびりしている間、理穂は芳子と一緒にジェットコースターに乗っていた。

「ヒーローショーって、何やるんだろ」

イベントステージ会場で合流した理穂は、興味なさそうにつぶやいた。

小学5年生のお年頃は、もう、こんなものはガキっぽく感じるのかもしれない。仕方なくつきあってやるという様子がありありだった。

「一番前の席がいいなあ！」

大吾がはしゃいで大声を出した。

自由席なのでどこでもいいようだ。

大吾はステージ前の席をめがけ、一目散に走っていく。

そんな大吾を追いかけるようにして俺がピエロの前を通り過ぎると、すれ違いざまにぱちりと目が合った。

するとピエロは、両腕を上げながら言った。

「ワラッテ！」

はあ。

笑って？

「あはははは！」

俺はピエロに笑って見せる。

ピエロも大きなおなかをゆすって笑った。

外国人であろう彼は、今朝、回転マシンの前でポップコーンを作って配っていたピエロだ。

大吾もポップコーンをもらって、おいしいおいしいと言って夢中で食べていた。

ふと大吾がピエロのほうに顔を向けた。

「ピエロさーん、さっきはありがとう！」

大吾が、ピエロに手を振る。

ピエロはにいっと、ぺったり赤くペイントされた口角を上げ、カートにつけられていた赤い風船をひとつ、大吾に渡した。

大吾は歓声を上げてそれを受け取った。


糸がつけられた風船はふわりと浮かんでいる。

大吾は手に持ちたがったが、こんな小さい子どもでは、うっかりすぐに放してしまうだろう。

風船が飛んでいかないように、俺は大吾の腕に風船の紐を一周させて結わえた。

大吾はそれがすごく気に入ったようで、腕を上下させながら、揺れる風船を眺めていた。

ステージはまだ始まらない。大吾は足をぶらぶらさせながら言った。


「ねえ、おやつ食べたい。3時だよ」


俺はちょっとあきれて笑った。

「本当に食いしんぼうなヤツだな。ポップコーン食べて、ソフトクリーム食べて、姉ちゃんのマネしてホットドッグ食べたじゃないか」

大吾は聞く耳を持たず、芳子のほうに身を乗り出す。

「お母さん、さっきドーナツ買ってたでしょ。あれ食べたい」

芳子が苦笑しながら、トートバッグの中から紙袋を取り出した。

フードコートでテイクアウトしていたのを、大吾はしっかり見ていたのだ。

芳子はペーパーナプキンにドーナツを挟み、大吾に渡す。

苺のチョコレートがかかったドーナツにかぶりついたあと、大吾は片目をつぶって穴をのぞいた。

「どうしてドーナツには穴があいてるの？」

芳子は迷うことなく答える。

「説はいろいろあるけど、揚げやすいからっていうのが一番でしょうね。それから、わっかの形、楽しいでしょ。それも大事なことよ」

そこで彼女は、ふふふと笑い、こう続けた。

「でも、穴のあいていないドーナツもあるでしょう。ねじってるのとか、ボールとか。ドーナツは穴があいているものって、決めなくてもいいのよ」

さすが教師だ。

芳子は本当に、なんでもすらすら答えられるんだな。すごいな。

彼女に質問すれば必ず答えが返ってくる。しかも補足説明つきで。

賢くてユーモアがあって、しっかり者で。

まったく俺には太刀打ちできない。

芳子みたいな母親がいる子どもたちにとって、俺は父親としてへなへなで頼りない男なんだろうな。

たとえば、大吾のしめった手ににぎりしめられているペーパーナプキン程度の。


ドーナツの甘い匂いを嗅《か》いでいたら、遠い昔のことを思い出した。

新婚旅行で芳子とアメリカに行ったときのことだ。

中古レコード屋で見つけたシングル・レコード。

「ドーナツ盤」ともいうんだよなって話しながら、あれこれ手にして楽しんだ。

俺はそのとき、一枚のドーナツ盤を芳子にプレゼントしたんだ。

ハネムーンの想い出にって、俺が選んだのはエルビス・プレスリーの「ラブ・ミー・テンダー」だった。

家にはレコードプレイヤーなんかないのに、つくづくばかな話だ。

だけど芳子は「いいの、私にはちゃんと聴こえるわ」なんて、まあ、新婚さんの甘い会話ってことで、俺の中ではスイートな記憶になっている。

ラブ・ミー・テンダー。

愛する人への想いを伝える曲だということだけは理解していたからセレクトしたわけだが、俺には歌詞どころか「テンダー」の意味さえもうろ覚えだった。

それで、そのとき芳子に訊ねたのだ。

「テンダーって、なんだっけ？」と。

自分でそう言ったそばから、とたんに情けなくなった。

芳子が英語教師をしているのをいいことに、旅行の間ずっと、俺は何をするにも芳子に訊いてばかりいた。

食べ物を選ぶときも、電車に乗るときも、看板に書いてある文字も。

あげくの果てに、プレゼントしたレコードのタイトルさえ質問している。

しかし芳子は決して俺をばかにしたりせず、穏やかに答えてくれた。

「優しい、ってことよ」

そのほほえみを見ながら、俺はなんて返事すればいいのかわからなかった。

芳子の友人や親戚と初めて会うとき、俺は「優しそうな人ね」と言われることがあった。とりたてて特徴もなく、他に言いようがないのだろう。

「優しそう」はつまり、「気弱そう」ということなのかもしれない。そんなふうに思ってしまう卑屈《ひくつ》さも含めて。

芳子は俺のことを誰かから「優しそう」と言われるたび、にっこりと笑ってこう答えるのだ。

「本当に優しいのよ」

のろけるでもなく、説明書を読み上げるくらいのフラットさで。

そしてそれ以上のことはコメントせず、相手にも深追いさせない。そんなさらりとした自然なふるまいは、いつも俺を感服させる。

結局、俺はあのレコードを聴いたことはない。たぶん芳子も。


ほどなくして、明るい音楽が聴こえてきた。

ステージの上に着ぐるみのキャラクターが2人、登場する。

この遊園地のオリジナルキャラだ。茶色の犬とピンクのウサギ……であろう。たぶん。おそろしくダサい。

「みなさーん、こんにちは！」

ふたりは客席に両手をぴろぴろと振り、声を揃えた。

「山中青田遊園地へようこそ！」

彼らの胸元には、カタカナで名前らしきものがフェルト地で貼られていた。半ズボンを穿《は》いた犬が「ヤー」、耳にリボンをつけたウサギが「アー」だ。山中のヤー、青田のアー。ネーミングもはなはだ芸がない。

いい天気だねとか、遊園地は楽しいねとか雑談をしながら、ヤーが言った。

「最近、僕たちのことをおどかしたり、いたずらばっかりしてくるキーキー族っていう集団がいるんだ」

「こわいわねえ」

アーも身震いしている。

そこに、合図のように「ババーン！」という効果音が鳴り、ステージの端から今度は猫の着ぐるみが登場した。

青いボディースーツと赤いブーツ。あきらかに、正義のヒーローだった。

胸には大きく「G」というロゴが描かれている。

「困っている人の力になりたい、ぐるにゃん戦士だよ！」

山中青田遊園地が正式名称のこの遊園地は、地元民のみんなに「ぐるぐるめ」と呼ばれている。

その理由がいまいちわからなかったのだが、そうか、「ぐるにゃん戦士」から来てるのか。

……いや、待てよ。このヒーローっていつからいるんだ？　まだ新しいよな。

ひょっとして、みんなが「ぐるぐるめ」って呼びだしたから、後付けでこのキャラが生まれたのか。

だとしたらすごい話だな。大衆の声がヒーローを生むなんて。

しかしそのあとのステージは、なんとも退屈な展開だった。

時間調整なのだろうか。アーは朝起きるのがつらいとか、ヤーは走るのが遅いとか、困っていることを打ち明け始める。

しかしそれがなんなんだという感じだし、本題の「キーキー族」のことなどこっちも忘れてしまいそうだった。

たまにぐるにゃん戦士がギャグを言うのだが、それがまた、かわいそうになるくらいウケない。

正義のヒーローはそんなことをしなくたっていいのに。

3人がぐだぐだとゆるい話をしているうち、最初はぽつぽつといた客が、ひとり、ふたりと席を離れて行く。

「私、もうプール行きたい」

理穂がごねだした。

もともと、このイベントステージが終わったら園内のプールに行こうと話していたのだ。

トートバッグに入っている、新しい水着を早く着たいらしい。

ちらっと、芳子が俺を見た。

俺はその目に合図を読んだ。

彼女たちだけ先に行くという提案なのだろう。

あたりを見回すと、客席にはもう、ごく少数しかいなかった。

最後列でイチャイチャしてるカップル、端っこで座ったまま、ぐっすり眠りこけているおっさん。

あとは、最前列の俺たち4人のみ。

こうなるともはや、このステージは俺たち家族のために上演されているといっても過言ではない。

なのに、もしこんな目の前でまたふたり離脱していったら、ステージにいる彼らはどれだけ心が折れるだろう……。

きっとがんばって練習してきただろうに。

「……ちょっと、待ってな。もう少し見てからにしろ」

俺が小声で阻止すると、理穂は唇を尖らせながらもステージに顔を向けた。

舞台の上では、猫とウサギと犬がわちゃわちゃと話し続けている。

「ぐるにゃんは戦士なの？」

「そうだよ！」

「あのね、僕たちのことをおどかしたり、いたずらばっかりしてくるキーキー族っていうやつらがいて、困ってるんだ」

俺は、ほっと息をついた。

よかった、いよいよヒーローショーが始まる。

ぐるにゃん戦士が、自分の胸をドンとたたく。

「ようし、まかせろ！」

そこに突然、「キー！」という雄たけびが聴こえた。

ステージの両脇から、揃いの黒マスクと全身黒タイツの奴らがふたりずつ現れ、ぐるにゃん戦士たちを威嚇《いかく》する。

弱そうだが気味悪くはある。

なかなかのインパクトだった。

「出たな！　キーキー族のキーキーマンたちめ！　僕が許さないぞ！」

ぐるにゃん戦士は勇ましく戦いのポーズを取る。

するとキーキー族は二手に分かれ、客席に降りてきた。

右側と左側で、本来ならいると想定された客に向かってキーキー驚かせるつもりだったのだろう。

しかしステージ付近の客は俺たち家族４人しかいない。

最後列のカップルのところまで行ってわざわざ邪魔するのも、寝ているおっさんを起こすのも得策ではないと踏んだようで、遠くまではいかず近くで騒いでいる。

「キー！」

ひとりのキーキーマンが、両手を大吾のほうに広げた。

その瞬間、大吾が「あっ」と叫んだ。

腕に結わえてあった風船の紐が、するりと外れてしまったのだ。

大吾がびっくりしている間に、空に上がっていく風船。

とっさに、キーキーマンは軽くジャンプし、風船をキャッチした。

お見事だった。

思わず家族４人、おおー！と歓声を上げてしまったくらいだ。

風船の紐を、腰をかがめながら大吾に渡すキーキーマン。

大吾は「うわあ、ありがとう」と風船を受け取る。


俺はなんだかほほえましい気持ちになった。

キーキーマンの「中の人」の素が、思わず出ちゃったんだな。

見えないけどわかる。

あの黒マスクの下は、きっと笑顔だっただろう。


しかし彼は今、キーキーマンである。

ステージに戻ると、ぐるにゃん戦士に向かって「キー！」と怪しい動きを見せながら近寄っていった。


「とぉーっ！」

ぐるにゃん戦士が彼に向かって飛び蹴りをしかけた、そのとき。

「やめて！　けらないで！」

大吾が大声で叫んだ。

思わず、俺たち家族も、

ぐるにゃん戦士も、キーキーマンも、ヤーもアーも、

ぴたっとフリーズした。

世界が止まった。

物語が止まった。

理穂があわてて大吾をたしなめる。

「やだ、ちょっと大吾。あれは悪いヤツだからやっつけないと……」

大吾は涙ながらに訴えた。

「悪くないよ。あのキーキーマンは、ぼくの風船を取ってくれたよ、いい人だよ！」

それはそうだけど、と理穂は口ごもる。

ぐるにゃん戦士たちはシンとして動かなくなってしまった。

「ぐるにゃん戦士はどうしてあの人をけってもいいの？　それは悪いことじゃないの？」

泣きながら問いかけてくる大吾の声。

俺はハッとして、息をのんだ。

芳子も黙って、真剣な表情で大吾を見ている。

理穂が真っ赤な顔をして言った。

「……やだ、もう」

そして少しうつむいたあと、バッグを手に持ち、立ち上がろうとした。

「私、やっぱりもうプール行ってるね。恥ずかしい」

恥ずかしい……？

俺はほとんど無意識に、ぼそりと低い声でつぶやいていた。

「恥ずかしくないぞ」

理穂がこちらを見る。

俺はもう一度、今度はしっかり理穂に向かって言った。

「恥ずかしくなんか、ない」

すると理穂は何か突かれたように真顔になり、浮かしかけていた腰をすっと椅子に降ろした。

尖らせていた唇は、今、一文字に結ばれている。

少しだけ間が流れた。

ほどなくして、棒立ちになっていたぐるにゃん戦士が、突然バッと両腕を顔の前でバッテンにする。

「よーしっ、ここからは、ぐるぐるで勝負だ！」

ぐるにゃん戦士は、ぐるっと一回、バク転した。

「すごい！」

大吾が目を丸くしている。

ぐるにゃん戦士は得意気に笑った。

「僕は猫だから、お手の物さ！」

なるほど、たしかに。

初めからそういう台本だったのか、この不測の事態にぐるにゃん戦士がアドリブを利かせたのか、そこからの「戦い」は互いのパフォーマンスの披露会だった。

ぐるにゃん戦士がバク転し、キーキー族が側転し、ステージはぐるぐるとアクターたちが回り続ける目を見張るような楽しいショーになっていた。

どちらもすごい。俺は大きく大きく拍手した。

いいぞ、ぐるぐるめ!!

素晴らしいステージだ。

それぞれの技を競い合う、こんな切磋琢磨《せっさたくま》の「戦い」を見せてくれるなんて。

アップテンポな音楽に合わせてヤーとアーが踊り出し、いつのまにか、観客が増え始めていた。

ガラガラだった席に人が集まり、ステージと一体化するのを感じる。

おっさんは目を覚ましてステージを観ているし、カップルも手を叩いている。

気がつけば、ステージのすぐ下でピエロもくるくると腕を回していた。

笑って。笑って。笑って。

音楽がだんだんスローになり、キーキーマンたちは疲れた仕草でへなへなと座り込んでいった。

ぐるにゃん戦士がひときわ大きなバク転をぴたりと決め、ジャン！と大きな効果音が響く。

ヤーが嬉しそうに叫んだ。

「勝負あり！　キーキー族はもう、いたずらはしないって言ってるね！」

ぐるにゃん戦士は、ステージと会場の両方に向かって明るく言った。

「でも、キーキー族のぐるぐるもすごかったよ。そのパワーを、みんなで楽しいことに使えたらいいね！」

キーキー族たちはみな、大きくうなずく。

近くの仲間と肩を組んだり、腕を空へと掲げたりしながら、大きな拍手の中で、ステージは幕を閉じた。

俺たちを楽しませてくれた面々は舞台袖へと退場していく。

風船を取ってくれたキーキーマンが、去り際に、大吾に向かってことさら大きく手を振っていた。

家族四人で拍手をしたまま、俺たちはなんだかぼうっとしていた。

理穂がぽつんとつぶやく。

「……正義のヒーローは悪者に暴力をふるってもいいのか…。どうなんだろう？」

それを聞いて、芳子が穏やかに言った。

「それはまず、正義とは何かというところから考えなくちゃいけないわ。理穂は、どう思ったの」

「私は、よくわからない。だって、今までそういうもんだと思ってたし」

うつむきがちにそこまで言って、理穂はぱっと顔を上げた。

「でも、ちゃんと考えてみたいなって……思った」

それを聞いた芳子は、嬉しそうに片腕で理穂をぎゅっと抱き寄せる。

「それが今の理穂にとって、一番素晴らしい『答え』よ」


客席を立ち、大吾は風船を揺らしながら小走りに会場を出る。

理穂もプールに行きたくて少し早足だ。


子どもたちふたりの背中を見ながら、俺は芳子に言った。

「ああいう答え方もあるんだな……」

「え？」

「芳子は誰に何を訊かれても、ぱっと正解を出すんだと思ってたよ」

軽く首を振り、芳子は笑った。

「何言ってるの。この世の大半は、正解のない問いばかりよ」

そして満足そうに、愛おしそうに子どもたちを見た。

正解のない問いばかりの中で、もがいているのは子どもも大人も同じだ。答えを探しながら、誰かに教えられながら、自分を伝えながら。できることならば笑って。笑って、笑って。


肩を並べて歩いていると、不意に芳子が言った。

「ねえ、大吾って、あなたに似てるわよね」

「え、そうかな」

イヤかな、俺に似たら。

内心そう思っていると、芳子は俺を見上げてほほえむ。

「うん、似てる」

「どんなところが？」

「だって、持ってるじゃない。レコードみたいに中心の軸がブレない、優しさいっぱいの愛」

そう言って芳子は、子どもたちを追うようにして俺の前を歩いていく。

風に乗ってふわり、ふわりと、芳子から「ラブ・ミー・テンダー」の鼻歌が聴こえてきた。

6 — スイングマシン

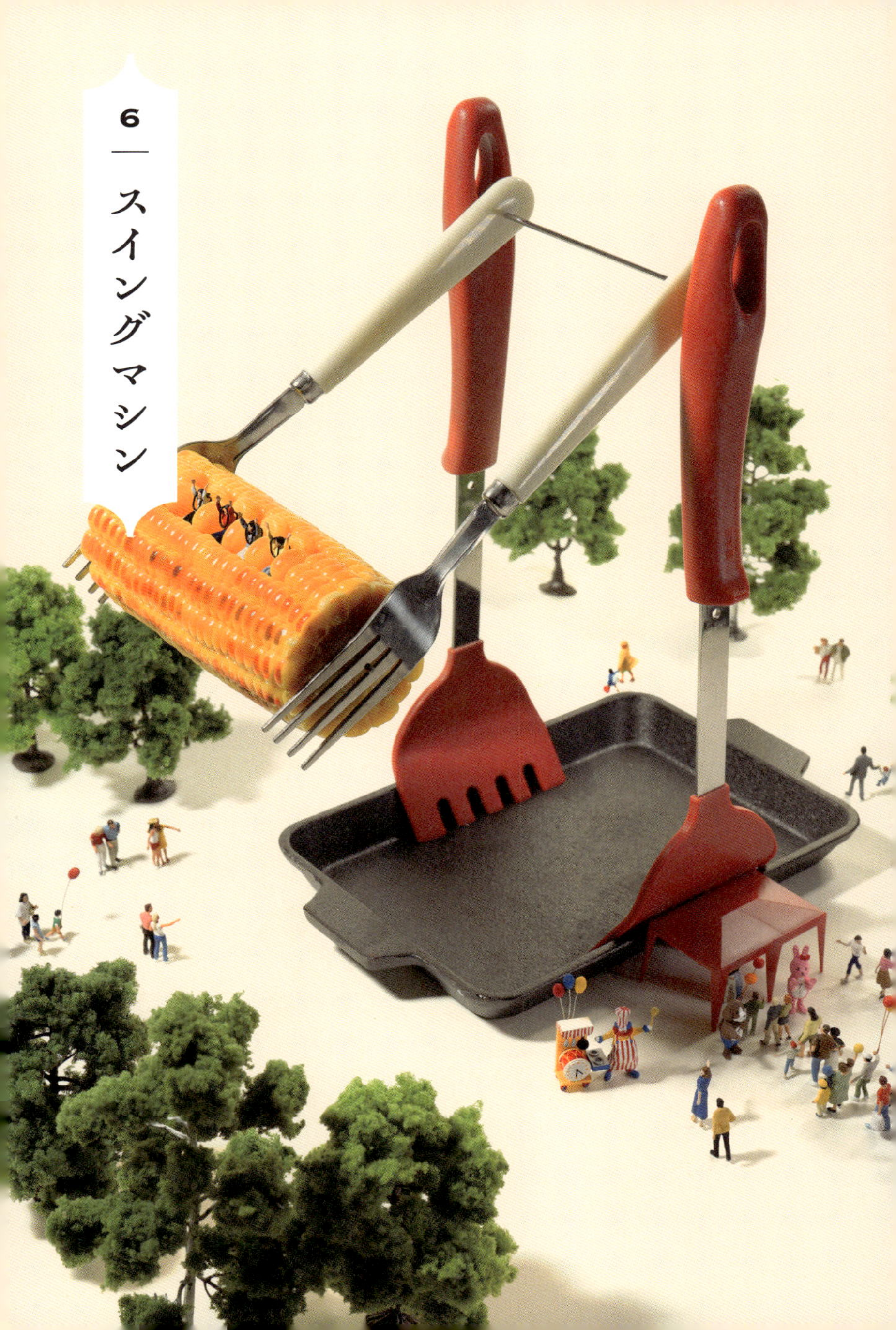

引退試合が終わった。

私は同じバスケ部の仲間４人でぐるぐるめに来ていた。

「山中青田遊園地」っていうのが正式名称だけど、なぜなのか、そっちよりも「ぐるぐるめ」の名前のほうがみんなに知られてそう呼ばれている。

めいっぱい遊びたいなら、やっぱりぐるぐるめだ。ぱあっと出かけようって話が出たとき、満場一致ですぐに決まった。

決勝戦まで持ち込むことができた県大会。

優勝は逃したけど、もともとそんなに強いわけでもなかった部で、ここまでよくがんばった。

まさか予選で勝ち抜くとは思っていなかった他の3年生は、春にはほとんど部活に来ていなかった。

最後まで一緒にいたのは、この4人だ。

だから、今日はそのメンバーで打ち上げ。

思いっきり騒いで、あとは受験勉強に身を入れようって、4人で話した。

バスケのことしか考えられない高校生活だった。

バスケをやらなくなったら、もう自分じゃなくなってしまうような気がする。

今度、コートに出てボールを触れるのはいつなんだろう。

「恵美里《えみり》、ほら、行くよ」

ぼうっとしていたら声をかけられて、みんなを追いかけた。

私は、一緒に並んで歩いている仲間を横目で見る。

希保《きほ》はエースだ。
得点王。潔いショートヘアで、スタイル抜群の高身長。
彼女にボールを回せばほぼ確実にゴールが決まる。

ムードメーカーなのは芽美《めみ》ちゃん。
ピリピリした雰囲気を和ませてくれたり、常に明るい笑顔を見せてくれた。
彼女のおかげでどれだけ助けられたか知れない。

そして、マネージャーの楓《かえで》。
キリッと冷静で、細やかな気配りでみんなをサポートしてくれた。

私は……。
私は、キャプテンとして、うまくやってこられたのか、ずっと自信がなかった。
チームのみんなをちゃんとまとめることができたのか、今でもわからない。
そもそも、どうして自分がキャプテンに選ばれたのかも。

降りたいと思ったことだって、何度もある。


メリーゴーランド、回転マシン、ジェットコースター……。

目につくままアトラクションの列に並び、次はスイングマシンだ。

4人並んで乗り込むと、スイングマシンは巨大なブランコみたいに、ふわーっ、ふわーっと反復して大きく揺れた。

ゆっくりで変な余裕があるぶん、ジェットコースターより怖かった。

大きな声を出して気持ちよかったけど、さすがにちょっとふらふらだ。

楓も同じだったようで、マシンから降りると「タイムアウト！」と大きな声で言って笑った。

私たちは、大きな樹の下に設置された長いベンチに腰かけた。


タイムアウト。

実際のバスケの試合では、その声はコーチがかける。

選手が負傷したときや、ファウルが行われたときなど、両チームが一時的にベンチで過ごす時間が与えられるのだ。

あとは、相手チームのシュートが入ったとき、試合の流れを変えたいというタイミングでも。

いったん挟んだその時間で、コーチはチームメンバーに、戦略の変更や客観的なアドバイスをしてくれる。

わずかな時間だけど、選手の体力回復にもなる。チーム全体の気持ちの切り替えにすごく役に立った。

去年から来た新しいコーチは、厳しかった。

荒い言葉に泣かされる子もたくさんいた。

だけど私は、チームを強くしたのは間違いなくあのコーチだと思っている。

だから怖くなかったし、みんなとコーチに距離があるぶん、中継ぎとして互いの想いを伝達できるように努めていた。

逆を言えば、私にはそれぐらいしか、できなかったから。

突然、どおおおん、と大きな音がした。

びっくりしてそちらに顔を向けると、赤白シマシマのエプロンをかけた、大柄なピエロが太鼓を叩いている。

鳴り響くその音は4回続き、最後にピエロはカーンと小気味良く太鼓の縁に棒をあてた。よく見ると、木のお玉だ。

「4時半ってことか」

希保が顎に手をやりながら言った。

太鼓はアナログ時計になっていて、たしかに針が4時30分を指している。

「あのピエロ、朝、ポップコーン作ってたよね」

私がそう言うと、芽美ちゃんが受け答えてくれた。

「そうだったかも。あのときは遠目に見ながら通り過ぎただけだったけど、なんかフライパン振ってたよねぇ」


太鼓の載ってるカートは、庇に調理道具がぶらさがっている。

そして脇にガスコンロが備わっていた。

ピエロはエプロンと同じ赤白シマシマ柄のコック帽をかぶっていて、見るからに彼は料理人なのだった。


ピエロは私たちの前までカートを押してくると、立ち止まってニヤリと笑った。

「お、なんかやってくれるの？」

希保が身を乗り出す。

するとピエロはズボンのポケットから折り畳んだ紙を取り出し、ぱっと広げた。

焼きトウモロコシ　１本　100円

子どもみたいな文字で、マジックでそう書かれている。
焼きトウモロコシ？
どこに材料があるのだろう。
私が黙って様子を見ていると、芽美ちゃんが手を挙げた。
「はーい、私、食べたい！」
希保がそれに倣《なら》って「私も」と言い、楓と私もうなずいた。
ピエロはバチンとウィンクをひとつして、カートの裏側に回った。
ちょっと腰をかがめ、平べったいものをはがすようにして持ち上げている。
なんと、カートには鉄板がくっついていたのだ。気がつかなかった。
コンロの上に鉄板を置くとピエロは、今度は庇の裏に手をやった。
ラップに包まれたトウモロコシが1本、出てくる。

「うわあ！」

私たちが歓声を上げると、ピエロは嬉しそうに、次々とトウモロコシを4本、取り出した。

庇の裏に隠し棚があったのだ。

さらに5回目、庇の裏に腕を伸ばしたピエロが手に持っていたのは、料理用のハケだった。


トウモロコシがくるまれたラップには、内側に水滴がついていた。

たぶん、すでに茹でてあるのだろう。

お尻には持ち手として割り箸が刺さっている。


ピエロは鉄板の上に4本のトウモロコシを載せ、弱火で焼き始めた。

彼のエプロンの内側から黒い液体の入った小さなプラスチックボトルが出てきて、それは醤油だとすぐにわかった。

ころころとトウモロコシを転がしながら、ピエロはハケで醤油を塗っていく。

あまじょっぱい匂いが立ちのぼり、あっというまに、こんがりした焼きトウモロコシが出来上がった。


割り箸の部分を持ち、ピエロは私たちに焼きトウモロコシを配る。

全員にいきわたり、それぞれが100円玉をピエロに渡し終えると、彼は言った。


「タノシモウ!」


そして片手を振り、カートをガラガラと引いて去っていく。

楓がちょっとぽかんとしたあと、笑った。

「楽しもう、って言った?」

芽美ちゃんが「言った、言った」とはしゃいでいる。

私はピエロの後ろ姿を見ながらつぶやいた。

「ああやってピエロが遊園地の中をぐるぐる回ってるから、ぐるぐるめなのかな」

希保が首を傾ける。

「時間ごとにぐるぐるめぐるってこと？」

「そうかもね」と、楓もうなずく。

ぐるぐるめぐる、ぐるぐるめ。


私たちはベンチで並んで焼きトウモロコシを食べた。

ええと、どうやって食べたらいいかなと、私はちょっと迷った。

希保は、ワイルドにかぶりついている。

茎にはだいぶ実が残っているけど、おかまいなしだ。

芽美ちゃんは、一粒ずつ指でちまちまとむしりながら口に運んでいる。

醬油がかかっているから指はべとべとだし、いつになったら食べ終わるのかと思うけど、楽しそうでおいしそうで、かわいくて思わずほほえんでしまう。

楓は、まず、下の歯を使って上手に一列だけ食べた。

見惚れていると、「最初に一段、空席をつくるのが決め手よ」と彼女は言った。

そこから、きれいに粒を抜くようにして食べていく。

私は、楓のまねをしてみたけどうまくできなかった。

彼女のような、がらんとした空席が作れなかった。でもそこからなんとか、次の列に歯をあてるスペースを用意して、食べ進んでいった。

「私、野菜の中ではトウモロコシが一番好きだな」

希保が言う。

少し間があって、楓が説明口調で答えた。

「トウモロコシは穀物だよ。米と小麦とトウモロコシ。世界三大穀物」

「えっ、そうなのか」

びっくりしている希保の隣で、芽美ちゃんがしみじみとトウモロコシを見た。

「よく考えたらすごいよね、トウモロコシって。ポップコーンにもなるし、スープにもなるし、一本そのままの姿でも、バラバラの粒々でも、それぞれ活躍して。変幻自在っていうか……。なんにでもなれるし、どこにでもいるよね」

楓が変わらずきれいな空席を作り続けながら言った。

「トウモロコシの髭って、あるじゃない？　あれも食べられるんだよ。むくみ予防にいいんだよ」

私は、そんな彼女たちの会話を、ただ黙って聞いていた。


私は彼女たちが大好きだ。

ハッキリと自分のことを表現できたり、感受性が豊かだったり、勉強家だったり。

それに比べて、私は……。


キャプテンをやれ、と私に言ったのはコーチだ。

ある日、練習が始まってすぐ、体育館の端に呼ばれてそう告げられた。

次期のキャプテンを決める頃ではあったけど、まさか自分が指名されると思っていなかったから、本当にびっくりした。

もっとみんなで話し合ったり、多数決を取ったりして決めるものだと思っていたし、コーチが私の何を見てそう言っているのかぜんぜん見当がつかなかった。

「無理です、できません」

即答する私に、コーチは顎に手を当てて言った。

「どうして？」

「……だって……私よりバスケが上手な子は他にもいるし、メンバーひとりひとりに気を配ったり、みんな全体を引っ張っていくなんて難しいこと、私にはとうてい自信がありません」

「そう思うのか」

「はい」

震えている私を見て、コーチはちょっとだけ唇の端を上げた。

「それなら、できる。やってみろ」

「………え」

「おまえは、よくわかってる」

そう言い残し、コーチはコートのほうに行ってしまった。

わかってる？

私には、それがなんのことなのかまったくわからないのに。

そしてコーチは部員を集めると、私が次のキャプテンを務めると告知したのだ。

怖かった。みんなの反応が。

沸き起こる拍手の、メンバーたちの心の真偽が。

あのとき私は、ただ下を向いていて、誰の顔も見ることができなかった。

こうなってしまうと逃げ出すこともできず、ただ「よろしくお願いします！」と頭を下げるのがやっとだった。

それからしばらくは、あきらめの境地でやっていたようなところがある。次第に状況を受け入れられるようになってからは、もう前を向くしかなかった。

何も考えまい、自分に与えられた役割を全力でこなそう、と。

だって、私はバスケが好きだから。

みんなのことが大好きだから。

ただそれだけだから。


「あー、うまかった」

いち早く食べ終えた希保が息をつく。口の周りが醤油で汚れていた。

楓がトートバッグからウェットティッシュを出し、希保はまるで付き合いの長い彼氏みたいにそれを自然に受け取った。

すらりと背の高い希保は、手も大きい。

この手にバスケットボールを吸い付かせ、自在に操る姿はほんとうに見事だった。

私より、希保がキャプテンのほうが合ってる。

ほんとはみんな、そう思ってたんじゃないかな。

希保自身も。

「あーあ、今日が終わっちゃうの、やだなぁ」

みんなの心を代弁するように、希保が言った。

それを聞いた芽美ちゃんが、しょぼんとしてうつむく。

「……ずっとバスケ、やってたかったねぇ」

希保は「そうだね」とうなずきながら、私のほうを見た。

「私さ、恵美里がキャプテンで、よかったよ」

え？

私は思わず顔を上げる。


「ほんとに？」

「うん」

私は思わず、今まで表に出せなかった気持ちを口にした。

「でも私、得点王じゃないし、ムードメーカーでもないし、細かい気遣いもできなかったし……」

希保は目を見開いた。

「そんなこと気にしてたの⁉」

なんだかちょっと怒っているぐらいの強さで、希保はまくしたてた。

「恵美里は私たちのこと、絶対的に信頼してくれてたじゃん。自分自身がひたむきに努力する姿を見せてくれてたじゃん」

私が何も言えずにいると、希保は、静かに声を落とす。

「その存在自体が、リーダーとしてすごく説得力あったんだよ。コーチと私たちを繋げてくれたのも恵美里だし、チーム全体がいい方向にいくようにって、いつも考えてくれてたでしょ」

芽美ちゃんも楓も、にこにこと私を見ている。

目がうるんで視界がぼやけたとき、希保がふっと笑ってくれた。

「恵美里がキャプテンだったから、安心して思いっきりやれたよ。楽しかった」

私だって。

私だって、同じ気持ちだ。

このメンバーでよかった。

このメンバーだから、ここまでやってこられた。
みんなと一緒に、力を合わせてきたから。

私はリーダーとして、かけがえのない経験をさせてもらえたんだ。
私を信頼して支えてくれたのは、みんなのほう。
リーダーをやれて、よかった。
やっと本当の本当に、そう思えた。

同時に、寂しさがあふれ出てくる。
もう、バスケ部は引退。
同じ時は続かない。
明日から、私たちには孤独な試練が待っている。
自分のために勉強をするのは自分だけなのだ。

同じ目標に向かって一致団結していた私たちは、それぞれに進路を決めて、バラバラになっていく。

「……これからひとりで、受験勉強、頑張れるかなぁ」

泣くのをこらえて私が言うと、楓がさらっと答えた。

「たまにはさ、タイムアウトすればいいんだよ」

ふわっと、緊張感がほぐれる。

4人の中に、連帯感にあふれた、あたたかな空気が流れた。

そうだ、そうだ、そうだね。

これからは、自分のコーチは自分だ。

そして仲間たちは、顔を上げればちゃんとそばにいてくれる。

「だよね、これからも、楽しんでいかないと」

握りこぶしを作った希保に、芽美ちゃんが同意する。

「そうそう、楽しもうって、ピエロも言ってたし」


楽しもう。

その言葉を私は頭で繰り返す。


私はこれから、どんな道を行くんだろう。

部活を引退して、受験が終わって、次の世界へ飛び込んで……その次はまたそこから先へ。

道はどこまでも続いていくんだなと思った。


未来に何があるのかなんて何もわからなくて、今はちょっと怖いけど……。

「楽しもう」って、そんな気持ちはきっとお守りになる。

流れを変えたくなったらタイムアウトして、少し元気になって、そしてまたゲームを再開すればいい。

そこで勝っても負けても、その大切な経験を携えて、次の試合に出ればいい。

季節はそうやって、ぐるぐるめぐっていくのだ。


思い出す。

走り込みが限界を超えるほどきつかったこと、シュートを決められるように何度も何度もトライしたこと、思わぬケガの痛さや出場できない悔しさに苦しんだこと。

パスがうまくいったこと、奇跡的な展開で逆転勝ちしたこと、みんなで抱き合って喜んで泣いたこと――。


今まで頑張れたんだから、きっとこれからも頑張れる。

初めてそう思った。

あんな苦しい練習にもプレッシャーにも耐えて、泣いたり笑ったり、体中で喜びを味わったり、全力で過ごしてきたんだから。

たぶん、私たちだってトウモロコシに負けない。
これからなんにでもなれるし、どこにでも行ける。
私たちの青春は、きっと、まだまだ始まったばかりだ。

7 — プール

猫はいいな、とピエロは思いました。

どこから紛れ込んできたのか、黒白のハチワレ猫が目の前を通り過ぎて行くのを彼は目で追いました。

山中青田遊園地に併設されている、プールの入口でのことでした。

猫はすました顔で門の中に入っていきます。通りすがりのお客さんが「あら、かわいい」と声を上げました。

ただそこにいるだけで、人をほほえませ、喜ばせる猫。

びろうどのような黒い背、綿のような純白の足先と腹を持つその猫は、お尻に白い星形のマークがあり、とくべつ魅力的に見えました。

猫の後に続くようにしてピエロも門をくぐり、プールサイドで立ち止まります。

猫はベンチの上にひらりと上がると、気持ちよさそうに伸びをしました。

「さて、時間だ」

あたりがうす暗くなってきた午後六時、ピエロは木のお玉で太鼓を鳴らしました。

カートに載せた、正面が時計盤にもなっているオリジナルの太鼓です。

ドーン、ドーン、ドーン……。

しっかり、6回。

昼には明るくにぎわっていたその場所は、そろそろ、ナイトプールに移行するところでした。

音楽がムーディーに切り替わり、ライトアップの準備が始まり、水の温度調整がかけられていました。

ピエロはプールの奥の建物へと向かいました。

そこは、1階がカフェ、2階がお土産屋さん、3階が更衣室になっているのです。

ピエロは従業員専用のエレベーターに乗り込み、「R」のボタンを押しました。

ここで何かしらの仕事をしているスタッフだけが行ける屋上です。6時から30分ほどが、彼の午後の休憩時間なのでした。

従業員専用エレベーターはそこそこ広いので、ピエロのカートは楽に入りました。

ピエロは見晴らしのいい屋上に上がると、先ほどの猫を思い出し、まねをするようにウーンと伸びをしました。

しかしうまくはいきませんでした。ピエロの大きな体は、猫ほど柔軟ではなかったからです。

ピエロはちょっと苦笑して、フェンス越しにプールを見下ろしました。

高いところから見る地上は、まるでミニチュアのセットのようです。

なみなみと水を湛《たた》えたプールも、カラフルなパラソルも、籐《とう》のカウチも、緑の樹々も、手の込んだ可愛らしいおもちゃみたいでした。

そしてそこには、小さな人々が、めいめいの想いを抱きながらめいめいに息づく姿がありました。

ピエロはその平和な光景をしばらく眺めていました。

彼は楽しそうな人たちを見ることが、何よりも好きでした。そこに自分が少しでも関わることができるのなら、心から幸せでした。

そして、フェンスがちょうど角になっている場所にカートを落ち着かせると、その前にしゃがみました。

心地の良い風が吹いてきて、ピエロの赤い鼻を撫でていきます。

太鼓の面の左脇の縁に指をかけ、ピエロはくいっと手前に引きました。

時計盤は扉であり、中はちょっとした棚になっているのでした。

ピエロはほんの少しだけ、魔法が使えました。

それはきっと、世間では「想像」とか、あるいは「アイディア」と呼ばれているものかもしれません。

他の人には見えなくても、ピエロには見えて、ちゃんと使えるのです。

棚にはティーセットがありました。お湯のたっぷり入ったポット、お気に入りのティーバッグ数種、クラシックなカップとソーサー。お茶の時間です。

ピエロはハチミツ紅茶のティーバッグを選ぶとカップに入れ、慎重にお湯を注ぎました。

ほかほかと立ちのぼる湯気や、ふわりとした甘い香りがピエロをほっとさせてくれました。

先述のとおりそれらはピエロだけに見える魔法でしたから、そこに居合わせた人はピエロがパントマイムをしていると思うでしょう。

でも、もしそうだとしたら、それはピエロにとって本望でした。

意図しているかどうかにかかわらず、彼のすることが、どこかしらなにかしら「楽しい芸をしている」と感じてもらえるのなら。

そしてその見えない魔法は、ピエロ自身の予想を超えるさまざまな形で、お客さんに見せるパフォーマンスへと繋がってゆくのでした。

お茶を飲み、一息つくと、ピエロは空を見上げました。

そして、思いました。

なんだかいつのまに、ずいぶんと遠くまで来た気がするな――。

彼は、のどかなふるさとの街で「ピエロ」になりました。

小さな仕事を受けているうちにそれが次第に大きな仕事にふくらんで、最近では異国からも声がかかるようになりました。この山中青田遊園地の依頼も、はるばる日本からの光栄なお招きでした。

かなた昔から、ピエロには、いつなんどきも、あんがい「需要」があるのです。

それはたった十分だけのことも、数年にわたる長い期間のこともありました。

お誕生日パーティー、お祭り、大道芸ショー、サーカス、そして遊園地。継続的に、あるいは突然単発で呼ばれて旅人のように過ごすことに、彼は大きな喜びを抱いていました。

そもそも、ピエロという職業には資格が要りません。経歴といったものも、まあ、あるに越したことはないのでしょうけれども、それが絶対必要かといえばそうではなく、何よりも一番大切なのは、その場その場でお客さんを満足させられるかどうかにかかっているのでした。

自分のことを「ピエロだ」と言ってしまえばピエロですし、誰かが「君はすばらしいピエロだ」と認めてくれればまた次の機会を得られる、そういうものなのです。保障などはなく、ただ信頼関係で成り立っているような仕事でした。

それでも彼は自分の仕事を愛していましたし、ピエロ以前は、どんな職場にいても自分はどうも変わり者らしくて周囲にうまくなじめないと悩んでばかりでしたから、日々の就労を神様に感謝したいくらいでした。


いろんなタイプのピエロがいます。

曲芸が得意なピエロ、手先の器用なピエロ、スター性を持った若きピエロ。

ぼくには、何ができるだろう。何を「個性」とするべきなんだろう。

手探りで仕事をこなしているうち、食いしんぼうのピエロがたどりついたのは「お料理」をテーマにすることでした。

エプロンをつけて、コック帽をかぶろう。それも、明るい赤白のしましまがいい。

料理器具を携え、ガスコンロを設置したカートを用意しよう。

わくわくと考えているうちピエロは、子どもの頃、早くおやつの時間にならないかな、ごはんの時間にならないかなと、時計ばかり見ていたことを思い出しました。

そうそう、今が何時なのか、みんなに教えてあげなくちゃ。

そして出来上がったのが、今ピエロの目の前にあるカートです。

この「相棒」ができてからのピエロは、仕事がさらに楽しくなりました。

クッキングスタイルは彼の目印とされたのでしょう、指名での依頼が増え始めたのもカートのおかげに他なりません。
お客さんに披露できる芸の内容が、ぐっと豊かになっていくのを彼は肌で感じていました。

しかし、そんなある日。
カートを引こうとしたときのことでした。
ピエロは初めて、ちょっと重いな、と感じたのです。
ああ、これは難儀なことだ、と。
そう思ってしまった自分にびっくりして、彼は戸惑いました。
こんなに大好きな、大切な、このカートがしんどくなるなんて。
今こそ「魔法」を使わねば。
ぼくは、もっと力持ち。ぼくは、もっと飛び回れる。もっと、もっと。
でもどうしてなのか、自分に魔法をかけるのはなかなかに難しいことでした。

載せているものを減らすとか、カートが軽くなる魔法をかけるのはいやでした。そんなことをしたらカートはたちまち違うものになり、ピエロをもう助けてはくれない気がしたのです。

今日のぼくは、ちゃんとやれていただろうか。

ピエロは、朝から夕にかけてのお客さんの表情を懸命に思い出しました。手応えを感じたようには思ったけれど、評価というのはおおむね、あとから知らされるものです。自己満足で過ぎてしまっていないか、足りないことはなかったかと、ひとりで頭をめぐらせても、答えが出ないままでした。

ひとりでやれる自由が、心細さに変わるなんて。

ピエロは、風船から空気が漏れるようなため息をつきました。


ふと人の気配を感じて振り向くと、長い黒髪の女性が立っていました。

にっこりとほほえみかけてくれたその人は、この遊園地のオーナーで(何代目だったか聞いたけれど忘れてしまいました)、名前を「アンナ」といいました。

「漢字では、杏奈と書くの」と言っていましたが、ピエロの知る限りでは、日本人にしては少々彫《ほ》りの深い整った顔立ちで、その名前は彼女にぴったり合っていると思いました。

年の頃は、四十代か五十代か、女の人の年齢はピエロにはよくわかりません。だけど年の数などおよそ関係のない不思議な風格が、アンナにはありました。

山中青田遊園地で仕事をするにあたり、ピエロにいくつかの日本語を教えてくれたのもアンナでした。

彼女は世界共通語として英語を少し話せましたし、それならピエロも問題ありませんでしたので、業務上の会話は互いに成り立ちましたが、込み入った話は難しそうでした。

アンナは右手に、プラスティックのカップを持っていました。

透明なその容器には、ブルーのサイダーが注がれていました。彼女もまた、休憩中なのでしょう。

「素敵なティーセットね」

アンナにそう言われて、ピエロはびっくりしました。

アンナはピエロの手元に視線を向けています。

彼女には見えるのだろうか。

それとも、パントマイムのように映っているその光景に、ジョークを言っているのだろうか。

どちらなのかわかりませんでしたが、たしかめるのもなんだか無粋な気がして、ピエロは「そうだろ？」と答えるようにうなずいて、にこにことお茶を飲みました。

アンナもまた、透明のカップに刺さったストローに唇をつけ、しゅるっとサイダーを飲みました。

ぷくぷくと小さな泡が舞い、まるで熱帯魚が楽しげに泳いでいるようでした。

「あなたの涙みたいな色ね」

アンナはそのカップをピエロのほうに少し傾けました。

ほんとうだ、とピエロは思いました。

彼がいつも、自分で右の目元にペイントするドロップ型の涙。

悲しい涙と、嬉しい涙は、味が違うって聞いたことがあったっけ。

そんなことを考えながら、きらきら光る泡の粒たちをぼんやり見ていますと……どこか遠くで、いいえ、すごく近くで……

ざぶん

という音がしました。


気がつくと、ピエロは一面の青い青い水の中にいました。

先ほど屋上から見下ろしていたプールの？

それとも、まさかひょっとして、アンナが飲んでいたサイダーの？

しかしピエロは、まったく息が苦しくありませんでした。

それどころか、かつてないほどに体が軽く、手足を伸ばすのが自由でした。

くるりと一回転することも、上へ下へと自在に動くこともわけなくて、すっかり愉快な気持ちになりました。

ふと先を見ると、アンナの姿がありました。

彼女はしなやかに腰をくねらせ、両脚をじょうずに操りながらピエロの横までやってきました。

「私、水泳が大好き。でもそれは、大人になってからよ」

アンナは朗らかに言いました。

「最初は、幼い息子たちのスイミングスクールに付き添っていただけなの。でも自分も泳いでみたら楽しくなってきてしまって」

そうなのか、と思いながらピエロは「何も不思議に思わない自分を不思議にも思わない」ということを自覚しました。

どこともわからない水の中で、アンナと会話をしていること、その言語は日本語でも英語でもなく、しかしいたって百パーセント以上、互いに理解できること。

「常識」というものからうんと遠く離れた、のびのびとした解放感が彼を満たしていました。

「やあ、なんだか久しぶりに安らいだ気持ちだ」

「久しぶりに？　あなた、お仕事中はずっと、あんなに楽しそうなのに」

「……そうなんだけれど。なんだか最近、自分でもどうしようもなく悲しい気持ちになってしまうこともあってね」

アンナはカウチに寝そべるようなポーズを取り、頰に手をあてて「うん」とうなずきました。

「そういうことって、誰しもあるものよ。でもね、疲れているのと、悲しいのは、すごく似ているから、勘違いしないように気をつけないといけないわ」

はて、とピエロは我が身を振り返りました。

ぼくは疲れているんだろうか。

そう言われてみれば、ぼくはいったい、何がそんなに悲しかったのだろう。

カートを重いと思ったこと。

それはピエロの不安を引き出す、ひとつのきっかけだったかもしれません。

そこから彼は、それまではさして気にならなかったいろいろな不安を、自ら募らせていったのかもしれません。

「だって」

不意にピエロは、心を打ち明けたい衝動にかられました。

プールのスライダーを滑り降りるみたいに、誰にも言えなかった感情が勢いよく流れ出てくるのを止められませんでした。

「ぼくは、玉乗りもできないし」

「そうね」

「バルーンアートだって、まるで苦手だ」

「そうね」

「年ばかり取っていって、体が動きづらくなって」

「そうね」

「今はこんなふうに、たくさんの場を与えてもらえるけれども、これからも同じように続くなんて約束をしてもらえるわけじゃない。ピエロは地球上に大勢いる」

「本当に、そう！」

アンナが真顔でしたので、ピエロはしゅんとしました。興行業界もシビアなのだと、言い聞かされたような気分でした。

身がぷくぷく、少しずつ沈んでいくのがわかります。ピエロが黙っていると、アンナはゆっくりと言いました。

「そんな何の約束もない世界で、大勢のピエロがいる中で、あなたは今日も、地球上にたったひとりしかいないお客さんたちと触れ合ったのよ。地球上にたったひとりのピエロとしてね」

地球上に、たったひとりの……。

ピエロは顔を上げました。

ああ、そうだ。ほんとうに、そのとおりだ。

どうして忘れていたんだろう。ぼくがピエロであるかぎり、そんな奇跡の出会いがいつだってすぐそばにあったのに。

その瞬間瞬間が嬉しくて、ぼくはピエロを続けてこられたんだ。

誰かに依頼されたからじゃない。ぼくが心からやりたいと願ったことだから。

ピエロの両目から、ぽろぽろと、涙がこぼれました。

悲しかったのではありません。

よみがえってきた情熱が、太鼓を鳴らすみたいに体に響いたからでした。

大地を潤す雨のようなその雫は、ピエロを囲んでいる青い水の中にみるみる溶けてゆきました。


アンナはにっこりと、白い歯を見せながら笑いました。

「あのね、山中青田遊園地は、みんなから『ぐるぐるめ』と呼ばれていてね」

ぐるぐるめ？

そういえば今日、はしゃいでいるお客さんがそう言っていたのを、何度か聞いた気もしました。

「日本語ではよく、『一番め』とか『結びめ』みたいに、何かの節や点に『め』という表現を使うんだけれど」

そこまで言うとアンナは「ねえ、これ、とっておきの秘密よ？」と、口元に人差し指をあてました。

ピエロがしっかりうなずくのを見届けてから、アンナは続けました。

「先代のおじいちゃんから聞いた話ではね、世の中には『ぐるぐるめ』というほんのわずかな空間があるんですって。イメージの世界とリアルの世界の狭間にあって、どちらにも自由に行き来できる素敵なスポット」

「へえ!」

「ぐるぐるしているものにはそれが存在しやすいの。たとえば、ココアを練るスプーンや、神社の大木の周りを回る猫、地下に続く螺旋階段、人々を運ぶバスのタイヤ、抹茶を点《た》てる茶筅《ちゃせん》……」

カウントするようにそう言い、アンナはぐるぐるっと輪を描くように水中を泳ぎました。長い黒髪がなびいて、華麗な人魚のようでした。そしてピエロの正面にすっと身を寄せ、こう続けました。

「ここのアトラクションでもたくさん、その空間は生まれているわ。そしてたくさんのお客さんが『ぐるぐるめ』に入り込んで、イメージとリアルの境界を味わっていく。なにしろ遊園地ですもの。だけど、その空間はどこにあるんだろうなんて、決して意識して探してはだめなのよ。いつしかそこにいて、そしていつしか戻っていく。そうでなくちゃ。だから私たちは素知らぬ顔をしているように、と厳重に言い伝えられていたんだけど」

アンナは、ふ、とひとつ息を吐きます。

「言葉は生きていてね。いつからなのかは不明だけど、この遊園地におけるその存在を、誰かがうっかり話しちゃったのね。その口からぽんとこぼれ出た『ぐるぐるめ』というワードだけがどんどん泳いでいってしまって、そうなると私たちはもう、その生き物をつかまえることはできないわ。『ぐるぐるめ』は時間をかけてたくさんの人たちの中で育って、大きくなって、今ではもう、山中青田遊園地という正式名称よりも有名なくらいよ」

アンナは少し眉をひそめて笑いましたが、決して不服そうではありませんでした。むしろ、この遊園地が「ぐるぐるめ」として愛されていることに、とても満足しているようでした。

そんなすばらしい場所で、ぼくは今日、たくさんの人の笑顔を見た。

ここでそのひとときを共有して、自分なりの仕事をしたんだ。

なんて誇らしい気持ちだろう。

そう思うとピエロは、自分の体が、ふわりと浮かぶのを感じました。力んで固まっていた体が、するするとやわらかくほどけてゆくようでした。

ああ、ぼくはこれからもピエロでいよう。胸を張って。

ぼくだけの、たったひとつの体だからこそ。


「大丈夫よ。私たちとお客さん、ひとりひとりと一緒に世界を創っていくのよ」

アンナは穏やかに、でも力強くピエロに笑いかけると、何かの合図のように片腕を上げて昇りながら言いました。

「私はあなたの仕事そのものを担うことはできないけれど。でも、またこんなふうに楽しい休憩時間を共に過ごしましょう」

それを聞いたピエロは、ゆっくりと目を閉じて答えました。

「アリガトウ」

それは、アンナが教えてくれた美しい日本語のひとつでした。

目を開くと、ピエロは屋上に座り込んでいました。

どれくらいの時間が経ったのでしょう？　すっかり陽の落ちた空は、群青色に染まっています。

アンナはピエロの脇に立っており、片方の手でそっと自分の髪をかきあげました。もう片方の手に持っているカップの中に、あの青いサイダーはほとんど残っていませんでした。

「ぼくは、夢を見ていたのかな」

目をぱちぱちさせながら、ピエロは言いました。

アンナはそれには答えず、ただほほえんでいます。なのでピエロもまた、ほほえみ返しました。

あれが夢なのか現実なのかなんて……イメージなのかリアルなのかなんて、たいした問題ではありませんでした。だってここは、なにしろ遊園地ですからね。

腰を下ろしたままのピエロの隣には、いつものように、お気に入りのカートがありました。彼がこよなく愛する、他の誰も持っていないカートでした。

屋上から再びプールに目をやると、先ほどのハチワレ猫がベンチで毛づくろいをしているところでした。

その姿はやはり、それだけで人を惹き付けるものがありました。

猫はいいな、とピエロは思いました。

だけど、猫になりたいのではありませんでした。

あこがれるのと、なりたいのとは、違うのでした。

赤白しましまのエプロン、コックのような帽子。自分にぴったりの服を着て、お気に入りのアイテムを持ち、たくさんの人たちに話しかけながら、オリジナルのカートを引いて歩いていく――。

そんな自分がやっぱりいいな、自分のペースで、ずっとそういう気持ちでいられたらもっといいなと、ピエロは思いました。

さあ、そろそろ休憩時間はおしまいです。
ピエロはティーセットを棚にしまい、ゆっくりと立ち上がりました。
皆に時刻を知らせる時計盤の針は今も、ぐるぐると回り続けています。

8 — 観覧車

観覧車とは、つくづく、なんと美しく魅惑的な乗り物でしょうか。

優雅でありながらダイナミックなデザイン性は見事ですし、悠々としたたたずまいはどの遊園地においてもシンボルと言ってよいでしょう。

何時間乗ったって、ちっとも移動できないはずなのに、一瞬にして遠くの世界まで運んでくれる魔法の箱。

それがいくつも連なり、ぐるぐると一日かけて回り続ける……。

それが観覧車です。


静かに更けていく夜、観覧車はライトアップされ、きらびやかに衣装替えをします。しっとりとした暗闇にぴかりと浮かび上がり、今度は昼と表情を変えた街の夜景を見せてくれるのです。

明るい陽射しの中ではしゃいだしめくくりとして味わうのに、この上なくふさわしい乗り物だということは誰もが知っての通りでした。

閉園まであとわずか。

観覧車には列ができ、お客さんたちが次々に乗り込んでいきます――。

健人くんの、笑ったときにできる目元の皺がいいな、と、結乃ちゃんは思っていました。そこには、穏やかで温和で、人を包み込むようなやわらかさがありました。

ハンバーガーショップで働くのは、結乃ちゃんにとって初めてのアルバイト経験でした。だから、出勤の初日は相当に緊張していたのです。

チーフから「彼になんでも聞いて」と紹介された健人くんは、ひとつ年上の大学生でした。

ひとめ見たときから結乃ちゃんは、健人くんのあたたかな空気感にほっとして、なんだかなつかしいような気持ちになったのでした。

それからアルバイトでシフトが一緒になるたびに、結乃ちゃんは、健人くんにたくさん「質問」を投げかけました。だって、健人くんに話しかけるにはそれが一番もっともな理由だったからです。

彼の説明はとてもわかりやすくていねいで、そして最後に必ず、心がほかほかするような笑顔を向けてくれるのでした。そのやさしい目元が見たくて、結乃ちゃんは「質問」を探してばかりいました。

おかげであっというまに仕事を覚えて、しだいに「質問」などしなくてもフランクに話せるようになって、なんとなく距離が近づいたかなと感じていたある日。

健人くんから誘われた遊園地、ぐるぐるめ。

結乃ちゃんはどれだけ嬉しかったことでしょう！

何を着ていったらいいのか、どのアクセサリーを合わせたらいいのか、悩みに悩みました。クローゼットの前の鏡で何時間も「ひとりファッションショー」が行われていたなんて、健人くんにはとうてい想像できないかもしれませんね。

当日の朝、鏡に向かって結乃ちゃんは心に決めました。想いを伝えようと。

それまでグループで遊ぶことはあっても、ふたりきりになるのは初めてです。

健人くんのほうから誘ってくれたことは、結乃ちゃんにぬくもりのこもった勇気をくれました。

それで、メリーゴーランドに乗るときに、思い切って言ってみたのです。

「健人くんって、一緒にいると安心する」

それは、せいいっぱいの……告白のぎりぎり手前の、やっと絞り出した言葉のつもりでした。

でも、結乃ちゃんがそう言うと健人くんは突然、困ったような顔をしたのです。それで結乃ちゃんは、すとんと悲しくなりました。言うべきではなかったと、後悔もしました。

それで、彼の返事を待たず、逃げるようにしてメリーゴーランドの馬へと走ったのです。泣き出しそうな顔を見られないように。

健人くんは、結乃ちゃんの隣ではなく後ろの馬に乗りました。メリーゴーランドが動き出して少しすると、結乃ちゃんは一度、彼のほうを振り返りました。

本当に彼は、いるかしら。いささかの不安がよぎったからです。

しかし健人くんは白い馬にまたがり、結乃ちゃんを見守るようにしてちゃんと目を合わせてくれましたので、結乃ちゃんはほっとしてほほえみました。

ああ、よかった。彼はもう、困った顔はしていない。いつもの、ほのぼのとした健人くんでいてくれている。さっきの私の言葉は、もう忘れてほしい。

そうしてメリーゴーランドが何度か回転をし、動きが止まったころ……。

目の前に差し出された、健人くんの手。

健人くんの目はきらきらしていて、赤く染まった頬はやわらかく緩み、だけどその一方で立ち姿は今まで見たこともないぐらい堂々としていて、結乃ちゃんをほんとうにすっかり安心させてくれたのです。そして、ドキドキさせてもくれたのです。

結乃ちゃんは素直に手を伸ばしました。

そうして彼らは一日たっぷりと園内のアトラクションを楽しみ、いろんな話をしながら、これまで知らなかったお互いの表情を交換し合ったのでした。

最後に観覧車に乗ることは、どちらからともなく、ふたりの暗黙の了解のように決まりました。

向かい合わせで乗り込んだ観覧車からの景色は、今朝来たときとはまったく違う場所のように感じられました。

太陽はいつしか姿をくらまし、夜のはじまりの中で灯りがちかちかと光っています。まるで、薄明りを付けたベッドサイドで宝石箱を開いたみたいでした。

頂上まで達したころ、結乃ちゃんが言いました。

「こっち側の席から、森が見えるわ」

そしてそっと体をずらし、自分の脇にスペースを作りました。

健人くんは少しだけためらった様子を見せたあと、結乃ちゃんの隣に座りました。

森では鳥が眠っていることでしょう。ふたりの間にも、とろりとまどろみがやってきました。だって健人くんも結乃ちゃんも、昨晩はあまりにも楽しみでちっとも眠れなかったのですから、そろって寝不足なことには間違いありません。

ふたりはちょっぴり、身を寄せるようにしてもたれ合いました。

触れている肩と肩の面積はほんの少しでしたけれども、彼らの手と手は、しっかりと繋がれていました。


人が人を理解するのは大変に難しいことだと、葵は時々考えます。

誰しも、それぞれ複雑に絡み合った「事情」というものがありますし、考えていることも、趣味も嗜好《しこう》も、経験値も価値観も、おそろしいまでに違うものです。ある人にとっては心地よいことが、ある人にとっては苦痛だったりするのだから、分かり合おうなんて、まったくもって困難極まりないことです。

居酒屋で仕事の悩みをこぼす紗里を元気づけたい、と思ったのは心からの葵の願いでした。だから「ぐるぐるめ、行こうよ！」と誘ったのです。

自分だったら、落ち込んでいるときには思い切り騒いでイヤなことをぜんぶ吹き飛ばしたい。遊園地の絶叫系アトラクションなんて、うってつけじゃないかなと思いついて。

そして、メリーゴーランドに乗ったりポップコーンを食べたりしながら、楽しく過ごしたあと、葵が回転マシンに乗ろうと持ち掛けたとき。

紗里の表情がなんとなく、こわばったように思えました。しかし彼女がすぐ「うん」と笑ってうなずいたので、葵は心が落ち着かぬまま、一緒に回転マシンの列へと並びました。

葵は思いました。

もしかしたら紗里は、こういうの、好きじゃなかったかもしれない。

思い返すと、ぐるぐるめに誘った時点で、実はそんなに積極的ではなかった気がしてくるのでした。あのときは、仕事で悩んでいるからうかない顔をしているんだと勘違いしてしまったけれど。

どうも、私にはこういうところがある。よかれと思ってしたことが、相手にはそんなに喜ばしくはないかもってこと。

紗里とはずいぶん仲良くなったつもりでいるけれど、まだまだ、わかっていなかったかもしれない。

違う乗り物にしようかと言いかけたのですが、ちょうどキリが良く順番が回ってきてしまい、その提案はできないままライドに乗り込むことになりました。

自分だけ楽しむのは申し訳ないと思いつつ、葵は回転マシンを存分に味わいました。大声を出し、遠くを眺め、非現実的な体感に身をゆだねるのは爽快でした。

そして回転マシンが止まり、着地すると、紗里が言ったのです。

「…………気持ちいい」

その笑顔は、なんだか皮が一枚剝けたようにスッキリとしていて、紗里が回転マシンを楽しんだことが伝わりました。そして何より、紗里が元気になったように思えて、葵は心から安堵し、彼女自身も元気が湧《わ》いてきたのです。

観覧車に揺られながら、紗里が言いました。

「ありがとうね、葵。今日は本当に来てよかった」

葵は大きくうなずきました。

誘ってよかった。

うん、よかったんだ。

そう思いながら、葵は言いました。

「ねえ、私たち、おばあちゃんになってもこうして観覧車に乗ってるのよ、きっと」

すると紗里は、一秒の迷いもなく答えました。

「そうだね、そう思う」

葵はそれを聞いて、ふっかりと満ち足りた気持ちになりました。

自分の言葉が「これからもずっと友達でいてね」というリクエストではないことを、紗里が「理解」してくれた。葵はそのことを「理解」したからです。

葵が言ったのは「おばあちゃんになっても観覧車に乗ろうね」という「誘い」ではありません。

お互いのそれぞれの人生でお互いにいろいろあるだろうけれど、ちょっとずつ混じり合いながら、私たちの関係はきっと続いていく。

葵はそのたしかなイメージを口にし、紗里もまた、自然に共有したのです。

おばあちゃんになった自分たちが観覧車に乗っている。

ずっとずっと先の未来にそんな楽しいことがきっと訪れる。

その光景を一緒に思い浮かべられることが、彼女たちを幸福にさせるのでした。


係員に誘導されて観覧車にゆっくり乗り込むと、進一郎さんは窓の外ではなく、目の前の美佐子さんをそっと見つめました。

美佐子さんはそんな進一郎さんに気づかず、明るく灯った遊園地を眺めながら「きれいねぇ」と声を上げています。

フードコートで美佐子さんが言ったことを、進一郎さんは思い出していました。

「割り箸は、割らなければ、使うことができないわ」

さあて、あれはどういう意味だろうな。

美佐子さんとの出会いは、職場でした。

進一郎さんの勤める土木事務所で経理を担当していたのが美佐子さんです。まだふたりとも二十代で、進一郎さんは平社員でしたし、むろん、割り箸でアートなども作っていませんでした。

結婚をして、子どもが生まれ、その後、進一郎さんが事務所の後継者となり、今ではアートを手掛けるようになり……。

すぐ隣に、いつも美佐子さんの笑顔がありました。

もちろん、彼女の怒った顔も、泣いた顔も、進一郎さんはぜんぶ知っています。それは美佐子さんとて、同じことでした。けんかだってずいぶんしたし、大なり小なりのトラブルは避けて通れませんでした。

そんな長い年月を重ねながら、誰にも見せない進一郎さんの素顔を、変わらず愛し、見守り、「あなたのアートのファン」と言ってくれる美佐子さん。

観覧車の窓から見える景色は、少しずつ少しずつ、姿を変えてゆきます。時の流れをそのまま、映し出すようにして。

はるばる来て、またはるばると行くんだなと、進一郎さんは思いました。

美佐子さんと一緒にならなかったら、私はどんな人生を送っていたのだろう。
でもそんなことを考えるのは、野暮というものでした。
だって、ふたりは一緒になったのですから。
そして今も一緒にいるのですから。
割り箸は、割らなければ使うことはできない。
割ってこそ、やれること、生まれるものがある。
ならば割っていこう。恐れずに、楽しみながら。
進一郎さんは、静かに、でもはっきりと言いました。
「割った箸で、どんな素晴らしい世界でも作ってみせるよ。これからもね」
目の前でほほえむ、作品を一番最初に見てくれる「ファン」に向かって。

いったいどうしてこんなことになったんだ？
そんな表情できょろきょろしている江上さんと観覧車に乗りながら、岡野さんは、ちょっと愉快な気持ちになりました。

岡野さんは山中青田遊園地に勤めてからずいぶん長くたちますが、支配人に就任したのはここ数年のことです。あらゆる企業が持ちかけてくる営業に対応することに、やっと慣れてきたところでした。

今日は、食器メーカーの江上さんがバーベキューコーナーの焼き網を売り込みに来ました。

あいにく、焼き網を使う予定はありませんでしたので商談はすぐに終わり、岡野さんは江上さんに「遊んで行ってよ」と言い残して席を立ちました。

そして一日、事務所の中で仕事をし、閉園間際になって外に出ましたら、とっくに帰ったかと思われた江上さんがなにやら楽し気に歩いているではありませんか。

岡野さんは思わず江上さんに声をかけました。

ちょうど観覧車の前でしたので「ご一緒にどうです？」と言ったら、江上さんは断り切れない様子で「ええ、はあ、まあ。それじゃ」と、ふたりで乗り込むことになったのでした。

ひとりでも遊園地を楽しんでくれているなんて、支配人としては嬉しいことです。

リサーチもあったのかもしれませんが、それならばそれで、仕事熱心なのは感心だと岡野さんは思いました。

観覧車は静かに動き出し、江上さんは額に汗をにじませています。彼にとって、あまりにも思いがけないことだったのでしょう。

岡野さんは話しかけました。

「江上さんは今の会社、お勤めして長いんですか」

江上さんはどこかほっとしたように、答えました。

「ええ、新卒で入社してからずっとです。私の実家は、農家を営んでいましてね。そちらは兄夫婦が継いだので、私は食に関する仕事がしたいと思って、調理器具や食器のメーカーを選びました」

「へえ、農家を」

「トマトがね、うまいんです。うちのトマトは世界一だと思います。もぎたてにかぶりつくのがもう、本当に最高で……。あれこれ調理したり、何かと混ぜたりするのがもったいないって思うくらい、トマトが好きになってしまって。ハンバーガーのトマトも、お店で注文するとき抜いてもらってるくらいですよ」

岡野さんはびっくりして、少し感動しました。

わざわざそこまでするほど、おうちのトマトを愛しているなんて。

「それはご家族もさぞかしお喜びでしょう。ハンバーガーのピクルスを抜いてほしいって言う人はわりといますけどね。でも私は、ピクルスは好きだな」

それを聞いて江上さんは、がばっと身を乗り出しました。

「わ、私もです！　ピクルス、あれはいいものです」

お互い、急に打ち解けた気分になったようで、江上さんがリラックスした表情で訊ねました。

「そういえば、どうして山中青田遊園地は、ぐるぐるめって呼ばれてるんですか？」

「ああ、それはね……」

言いかけて、岡野さんはハッと口を押さえました。

そしてすぐに「さあ、それはどうしてかな」と、ごもごもごまかしました。

まだ岡野さんが新人のころ、先代の社長とアンナが話していた「ぐるぐるめ」の秘密を戸口で立ち聞きしたことがあったのです。

秘密というものは、どうしても誰かに話したくなるものです。それで岡野さんは、園に時々現れる黒白のハチワレ猫に「おい、知ってるか」とこっそり話しかけたのでした。

ところが、猫ならば大丈夫だと油断してしまったのが運のつき、「ぐるぐるめ」という言葉は、あっというまに走り出してしまったのです。まるで足が生えて跳ねていくのがわかるようでした。

アンナは、腰に手を当てて「いったい、どこから漏れちゃったのかしら」としかめつらをしていましたから、岡野さんは自分の口が元であることはどうあっても黙っていなくてはいけないと、今でもドキドキしています。

だから、ね。秘密ですよ。


家族四人で観覧車に乗ってからも、理穂は考えています。

イベントステージで、あのことが起きてからずっと。

「正義のヒーローは、悪者に暴力をふるってもいいのか？」

それは、理穂に与えられた大いなる「お題」でした。

誰が見ても悪者であるはずのキーキーマンを蹴ろうとしたぐるにゃん戦士に、泣きながら「けらないで！」と叫んだ大吾。その純粋無垢《むく》さに、理穂だって本当は心を打たれていたのです。だけど、次の瞬間に気になったのは周囲の目でした。

大吾のひとことは、遊園地が準備していたステージを止めてしまいました。まばらではありましたが観客だって全員、こちらを注目していました。

滞《とどこお》りなく行われていたショーを台無しにしてしまうなんて、そんなふうに悪目立ちするなんて。

そう思う反面で、大吾の気持ちよりも先に世間体に気を取られてしまう自分のふがいなさも、理穂にはつらく感じました。

理穂が「恥ずかしい」と言ってその場を離れようとしたのは、大吾のまっすぐさを前に、ねじまがってしまっている自分がたまらなかったというのが、本当の本当のところでした。

そんな理穂に「恥ずかしくないぞ」と言ったお父さん。

お父さんはいつも頼りないけど、ここというところで、絶対にブレないのです。強い芯を持った人なのだと、理穂は知っていました。

観覧車が上へ上へと向かうたび、大吾は窓の外を見てはしゃいでいます。お父さんは大吾が暴れて座席から落ちないように、片腕を添えています。お母さんは、遠くに見える建物の名前を教えてくれました。

もしも、私の家族に危害を加えるような悪者が現れたら……。

理穂は考えました。黙ったまま、うんうんと考えました。

……私は、けり倒してしまうかもしれない。

実際にそうするかどうかはわからないけど、そうしたいって思ってしまうかもしれない。だって私は、そんな悪いやつのことは絶対に絶対に許せないもの。

それが「正解」かどうか、「正義」が何なのか、理穂にはまだわかりません。

だけど「正直」な気持ちだというのが、今の理穂に出た答えでした。

ああ、私は、これからもっともっと、たくさん考えなくちゃいけない。

たくさんたくさん、いろんなことを覚えて身に着けなくちゃ。

自分のことも、大切な人のことも、ちゃんと守れるように。

お父さんとお母さんと、そして大吾の、明るい笑い声の中で理穂は、しっかりとうなずきました。

どうしてバスケの選手じゃなくてマネージャーをやろうと思ったのかという問いは、もう飽きるほどいろんな人から受けており、そのつど楓は「私には運動神経がないから」と笑って答えるようにしていました。

そして、心のうちで思うのです。

どうしてそんなことを疑問に思うのだろうと。

楓にとっては、そのことこそが「疑問」で、ざらりとした気分になるのでした。

バスケットボールが好き。

それが、必ずしも「プレイをするのが好き」でなければならないなんてことは、ないはずなのに。

高校生活のほとんどを、楓は部活にかけていました。部員のひとりひとりに目を配り、それぞれの個性を把握し、良いところを引き出せるように、コンディション良く取り組めるように……。

全員を応援し、支えること。それは楓にとって、なによりもエキサイティングで心震える経験でした。

バスケが好き。バスケをやる人を見るのが好き。バスケをやる人をサポートするのが好き。そういう役割が、私には合っていた。

もちろん私はチームメンバーではないし、ボールに触ることは彼女たちよりずっとずっと少なかったけれど……。

恵美里、希保、芽美ちゃん。

大好きな仲間たち。たわいもない話をしながら、今までがんばってきたご褒美のような一日が暮れていきます。

頂上を越え、次第に地上が近づいてくると、恵美理がぽつんと「もう着いちゃうなあ」と言いました。

希保が両手で頭を抱えます。

「あー、ホントに、バスケ漬けの毎日が終わるなんて信じられない」

楓も続けました。

「そうだね、みんな、コートから離れるのさびしいよね」

私はそばで見ているだけだったけど。そんな言葉を隠しながら。

すると芽美ちゃんが、にっこり笑いかけてきました。

「だけど、いつだってコートの中に一番いたのは楓だよ」

楓は驚いて目を見開きました。

「私？」

「うん。このバスケチームの風景や歴史を誰よりも知ってるのは楓だもん」

じんわりと、あたたかな涙がにじんでくるのを楓は止められませんでした。恵美理も希保も、みんな等しくそう思っているといわんばかりの笑顔を見せています。

ああ、私も。

私も、チームメンバーだったんだ。

ずっとずっと、彼女たちと一緒に私もバスケをやってきたって、そう思ってもいいんだ。

私は本当に、自分の青春に胸を張れる。

その達成感、多幸感は、バスケ選手がゴールのシュートを決めた瞬間と、きっと同じでした。

観覧車を眺めているアンナの隣で、ピエロが木杓《きじゃく》を振り上げました。

ドーン、ドーン、ドーン……。

7回半の、太鼓の音。

ピエロは、アンナが教えてくれた……そして今日、お客さんに伝えてきた日本語をひとつひとつ、声に出して言いました。

暗唱するように、歌うように。

イラッシャイマセ！
ドウゾ　ウマイヨ。
イッショニ　イッパイ　ワラッテ　タノシモウ。

もうすぐ閉園です。
観覧車から、一組、また一組と、お客さんが降りてきて、
ゆっくりと出口に向かって流れてゆきます。
名残惜しそうに、でも、満たされた表情で。

ピエロはひとりひとりに、心を込めて手を振り続けました。

アリガトウ、マタネ！

青山美智子（あおやま・みちこ）

1970年生まれ、愛知県出身。横浜市在住。大学卒業後、シドニーの日系の新聞社で記者として勤務。2年間のオーストラリア生活ののち帰国、上京。出版社で雑誌編集者を経て執筆活動に入る。デビュー作『木曜日にはココアを』で第1回宮崎本大賞受賞。『猫のお告げは樹の下で』は第13回天竜文学賞受賞。『お探し物は図書室まで』『赤と青とエスキース』で2021・2022年本屋大賞第2位。『月の立つ林で』『リカバリー・カバヒコ』『人魚が逃げた』も本屋大賞にノミネートされ、5年連続ノミネートとなる。また、『お探し物は図書室まで』は、米『TIME』誌が発表する「2023年の必読書100冊」に、唯一の日本人作家の作品として選ばれた。他の著書に『鎌倉うずまき案内所』『ただいま神様当番』『月曜日の抹茶カフェ』『マイ・プレゼント』『いつもの木曜日』『ユア・プレゼント』など。

田中達也（たなか・たつや）

ミニチュア写真家・見立て作家。1981年熊本生まれ。2011年、ミニチュアの視点で日常にある物を別の物に見立てたアート「MINIATURE CALENDAR」を開始。以後毎日作品をインターネット上で発表し続けている。国内外で開催中の展覧会、「MINIATURE LIFE展 田中達也見立ての世界」の来場者数が累計270万人を突破（2024年11月現在）。10万部突破の大ヒット絵本『おすしが ふくを かいにきた』では、第11回静岡書店大賞の児童書・新刊部門第1位（大賞）、第4回TSUTAYAえほん大賞第2位を受賞。『おすしが あるひ たびにでた』では、第5回TSUTAYAえほん大賞第2位を受賞。他の著書に『MINIATURE LIFE』、『MINIATURE TRIP IN JAPAN』、『MINIATURE LIFE at HOME』、『みたてのくみたて　見るだけでひらめくアイデアの本』、『くみたて』、『あーっとかたづけ』など。Instagramのフォロワーは390万人を超える（2024年11月現在）。

遊園地ぐるぐるめ

2025年3月3日　第1刷発行

著　者／青山美智子　田中達也

発行者／加藤裕樹

編　集／三枝美保

発行所／株式会社ポプラ社
〒141-8210　東京都品川区西五反田3-5-8JR目黒MARCビル12階
一般書ホームページ www.webasta.jp

組版・校閲／株式会社鷗来堂

印刷・製本／中央精版印刷株式会社

この作品はウェブアスタに連載した6編に2編を加え、加筆修正いたしました。

N.D.C.913/223p/20cm ISBN978-4-591-18571-1　P8008499